Let's eat
Today's Recipe
Book
血の繋がらない私たちが
家族になる
たった一つの方法
2
雲雀湯
illust.
天谷たくみ

「不思議だね、兄さんって。
もしかして兄さんの身体から
何かリラックスさせる成分が
出てるのかな？」
葛城　英梨花
KATSURAGI ERIKA
翔太の義理の妹。北欧の血を引く翔太の
父親の遠縁らしく、透き通るような美少
女。見た目はクールだが、人見知り。

「しょーちゃん、何ー？今手が離せないから勝手に入ってきてよ」
「あぁ、実――って、バカ！」
「わ！」
GOJO MIO
五條 美桜
翔太とは小学校に上がる前からの筋金入りの腐れ縁。男女を意識する前からの幼馴染で、遠慮のない仲。

contents

illustration by 天谷たくみ
design by 百足屋ユウコ+タドコロユイ(ムシカゴグラフィクス)

血の繋がらない私たちが家族になるたった一つの方法２

雲雀湯

角川スニーカー文庫

24058

プロローグ

ある秋の雨の日のことだった。

父にいきなり連れてこられた見知らぬ部屋で、幼いえりかは心細さからいつも傍に居るはずの兄を求めて声を上げる。

『にぃに、にぃには？　にぃに、どこ？』

しょうたとはいつも一緒だった。守ってくれた。

その見た目から周囲に爪弾きにされるこの世界に於《お》いて、頼りになる確かな存在。

だからこの時もいつもと同じく、助けを求めるように兄を求める。

だけどぐずるえりかへ父から返ってきた言葉は、無慈悲なものだった。

『いいかい、よく聞いてね？　……翔《しょう》太《た》とは本当の兄妹《きょうだい》じゃないんだ』

「――――っ！　はぁっ、はぁっ、はぁっ……」

バネで弾かれたように飛び起きる英《え》梨《り》花《か》。

息は荒く、胸に手を当てると心臓が不規則に早鐘を打ちながら、狼狽《ろうばい》を奏でている。

ふぅ、と自らを落ち着かせるためにゆっくりと深呼吸。眠気はすっかりどこかへ吹き飛んでしまっている。窓の外はほのかに白んでおり、夜明けが近いようだ。

「また、あの夢……」

英梨花はかつて兄と離れ離れになった日のことを、今でも時折夢に見ることがあった。

重苦しく薄暗い部屋。

どれもが真新しく、無機質で寒々しい家具。

いきなり連れてこられた家の屋根を陰鬱《いんうつ》に叩《たた》く雨の音。

そして兄妹を否定された時の、足元が崩れて落ちていくかのような感覚、世界に1人取り残されたかのような不安と孤立は、忘れられそうにない。

「……兄、さん」

英梨花は呟《つぶや》き、翔太の部屋の方を見て、ギュッと自らを掻《か》き抱《いだ》く。

今のこの状況は、奇跡のようなもの。

翔太は英梨花が実の妹じゃないとわかった上で、かつてと変わらず家族として、兄として英梨花を受け入れてくれている。そんな翔太に、ついつい以前と同じように甘えてしまう。

また、美桜《みお》の存在も救いだった。

小さな頃から英梨花たち兄妹に何の偏見もなく接してくれた、幼馴染《おさななじみ》の女の子。同じ屋根の下で暮らすようになったことは驚きだったものの、家でごく自然に振舞う姿は家族そのもの。

それが、たとえ血の繋《つな》がりがなくても家族になれることを教えてくれているみたいで。

今の関係を、二度と手放したくはない。

もう、何もできなかった子供の頃とは違う。

高校生になり、できることの選択肢は中学と比べ格段に増えた。

——変わらなきゃ。

今度は決して、引き離されることがないように。

たとえそんな事態になったとしても、翔太のすぐ傍に居られる強さを手に入れるために。

足踏みなんてしていられない。

窓ガラスにはむくんだ顔にボサボサ髪、とてもじゃないが他人に見せられない寝起きの自分の姿が映り、くしゃりと顔を歪《ゆが》ませる。

「……よしっ！」

まずはできることを。

気を取り直した英梨花は気合を入れるように声を出し、少し早いが朝の準備に取り掛かるのだった。

第1話 雨降って、絆固まる

春も終わりに近付いていた。

とはいえまだまだ肌寒く、布団を手放しがたい朝。

「うわっ!?」

翔太《しょうた》は突如鳴り響いた着信音で飛び起きた。

一体誰から？　こんな時間に何が？　ぐるぐると混乱する寝起きの頭で、慌てて枕元に置いていたスマホを手繰り寄せる。

「……美桜《みお》？」

画面に映る幼馴染の名前に、思わずしかめっ面を作る翔太。

すると部屋の扉の方から遠慮がちに声を掛けられた。

「しょ、しょーちゃんおはよ～」

「へ？　あ、うん……おはよ」

顔を上げると、開いた扉から顔を出して通話している美桜。

前髪をちょんまげにして寝間着代わりのよれよれシャツにスウェット、今まで散々見てきた気の抜けたゆるゆる姿で、ひらひらと遠慮がちに手を振っている。

しかし今までと違って気恥ずかしそうにもじもじしており、目を合わせようとしない。

「えっと、ほら、時間……」

「あ、あぁ」

すると美桜は自分のスマホの画面を指差し、時間を見るように促す。見てみれば、確かに起きると決めた時間だった。

「そ、それだけ！　朝ごはん、もう出来てるからっ！」

言うや否や美桜は逃げるように階段を駆け下りる。

足音から察するにリビングでなく自分の部屋へと向かったようだ。きっと制服にでも着替えるのだろう。

そのあからさまにこちらを意識している態度を見れば、翔太も否応なしに先日のことを思い出してしまうというもの。

美桜にキスをされた左頬にそっと手を当てる。

今でも鮮明にあの時の唇の柔らかな感触、鼻腔《びこう》をくすぐる甘い香りが脳裏にこびりついており、意識すれば胸が騒めいてしまう。

あれは本当にいきなりのことだった。

何故いきなりそんなことをされたのかわからない。

もしあれが悪戯《いたずら》だとすると、あまりに悪質過ぎるだろう。

（あぁもう、どういうつもりだよっ！）

翔太は内心そんな悪態を吐き、気恥ずかしさを誤魔化すように両手でガシガシと頭を掻きむしり、部屋を出て階段を下りる。

「あ、兄さん。おはよう」

「……おはよ、英梨花《えりか》」

リビングへ顔を出すと、ダイニングテーブルに居た英梨花がこちらに気付き、挨拶《あいさつ》を交わす。丁度食べ終えたのか、食器を重ねてキッチンの方へと持っていくところだった。

英梨花は既に制服に着替えていた。髪もきちんとセットされており、いつでも家を出られるような状態だ。

寝起きそのままのシャツと短パン姿の翔太や先ほどの美桜とは真逆で、英梨花は家でも凛《りん》としており、中々に隙を見せない。最初は気を張っているのかと思ったものの、どうやらそういう性分らしい。

ダイニングテーブルに視線を移せば、翔太の分と思われるチーズトーストに目玉焼き、茹《ゆ》でブロッコリーにヨーグルト。それを見てお腹がくぅ、と自己主張を始めれば、英梨花はくすくすと笑う。

翔太がきまり悪そうに人差し指で頰を搔きながら席に着けば、シンクに食器を置いた英梨花が訊《たず》ねてくる。

「兄さんもコーヒー飲む？」

「あぁ、もらおうかな。えぇっと――」

「ミルク多めにお砂糖は一杯だよね？」

「そうそう、お子さま仕様で」

「ふふっ、お子さま仕様って。でも私と一緒」

そんな家族らしいやり取りに、互いに頰が緩む。

英梨花が淹れてくれたコーヒーにたっぷりのミルクを注ぎ、ちょうど飲み頃の熱さになったカフェオレ片手に黙々と朝食を摂る。

しばらくすると、目の前の席に座る英梨花から視線を感じた。

顔を上げ視線が合うと、英梨花は目を細め少し咎《とが》めるような口調で言う。

「兄さん、頭ボサボサ過ぎ」

寝癖だけでなく、先ほど頭を搔きむしったからでもあるのだろう。

英梨花が思わず口にするほど、ひどい状態になっているようだ。

翔太は困ったなと、曖昧《あいまい》な笑みを浮かべて答える。

「あー……これ食べ終えたらなんとかするよ」

「ん、時間がもったいない。私が直してあげる」

「英梨花？」

英梨花は言うや否やぱたぱたと洗面所へ駆け込み、ヘアミストと共に戻ってくる。そして翔太の背後に立ち、問答無用とばかりにヘアミストを吹きかけ手櫛《てぐし》で髪を梳《す》く。

こうして寝癖を直されるのは、少しばかりこそばゆくて気恥ずかしく、そして食べにくいのも事実。

だけど英梨花が機嫌良さそうに鼻歌まじりで髪を弄っていれば、やめさせるのも野暮というもの。それにこれは英梨花なりに妹として甘えてきているのがわかるから、なおさら。

「兄さんの髪、少し硬いね」

「おかげで一度寝癖がつくと、結構ガンコなんだよ」

「ふふっ、でも兄さんの髪、色だけじゃなくて髪質も私と似ているのかも。私もよく寝癖ついて苦労するし」

「そうなのか？」

「今朝も大変だったよ」

「全然そうは見えないな」

「そりゃ、見せないようにしているもの」

いつもきちんとした姿を見ているだけに、本人からそう言われても想像できやしない。

翔太が首を捻《ひね》れば、英梨花は可笑《おか》しそうに笑う。

やがて翔太が食べ終えると共に、英梨花の寝癖直しも終わる。

「んっ、できた」

「ありがと、英梨花」

ごちそうさまと手を合わせた翔太は立ち上がり、自分の仕事に満足そうに頷《うなず》く英梨花に礼を述べる。

するとその時、ふいに手を引かれた。

他になにか用でもあるのだろうか？

翔太が首を傾げていると、英梨花は美桜が自分の部屋でドタバタしていることを確認した後、背伸びをして——翔太の唇を自らの唇で素早く奪う。あっという間のことだった。

「え、え、え、えええ英梨花、何を⁉」

「何って……家族の挨拶？　まだだったかなぁって」

「いやでも……っ」

「ふふっ、変な兄さん」

思わず動揺からドキリと肩が跳ねる翔太。

そしてたちまち先日の、なるべく意識しないようにしていたことが思い起こされ、にわかに心臓が早鐘を打ちだす。

あの時の瞳《ひとみ》を閉じて唇を塞《ふさ》いでいた顔、その後に目を覚ましたのを確認してからさらに啄《ついば》んだ時に見せた妖《あや》しげな笑みは鮮烈で、脳裏に強く焼き付いている。ちょっと思い出すだけで胸が疼《うず》いてしまう。

（っ、何が家族の挨拶、だよ……っ！）

自分のした言い訳だというのに、そんなことを思ってしまう。

目の前の英梨花は、どこか確信犯めいた悪戯っぽい笑みを浮かべている。

一体どういうつもりなのだろうか？

「学校行く準備してくるね」

「あ、あぁ……」

英梨花は困惑する翔太の唇を人差し指でツンと突き、機嫌良さそうに自分の部屋へと戻っていく。

後に残された翔太は、唖然《あぜん》としていた。

顔はますます熱くなっており、頭の中は空白。

その場で立ち尽くすことしばし。

やがて制服に着替え終わった美桜がやってきた。

「しょ、しょーちゃん」

「み、美桜」

「えっと……着替えないの？」

「い、今着替えるっ」

美桜もまた、顔を赤らめている翔太を見て、頬を染めていく。

少しむず痒《がゆ》い空気の中、目を逸らした美桜の言葉を合図にして、翔太は一も二もなく自分の部屋へと向かう。

閉めた扉に背を預け、天井を仰ぎ片手で目を覆い、ほとほと困ったとばかりに少し情けない声を上げた。

「あー、もぅっ！」


三方を山に囲まれた地方都市、その平野部を縦横するかのように敷かれた私鉄、その沿線にある高校。

街のあちらこちらでは新緑が芽吹き始めた木々が青々と輝き、陽射しは日増しに強くなり、時折吹き付ける薫風が春の終わりを唄《うた》う。

親睦《しんぼく》会を経た翔太たちのクラスには入学したての初々しさなんて既になく、高校生活も日常の一部として溶け込んでいる。

そんな昼休み、美桜が落ち着きなく指先を弄《もてあそ》びながら翔太の席へとやってきた。

「あのねしょーちゃん、お昼だけどさ」

「おぅ、学食にする？　それか購買？」

「それなんだけどさ、最近お昼はず～っとしょーちゃんと一緒だったでしょ？　だからえっと、たまにはりっちゃんたちと食べようかな～って……」

「そっか、わかった」

「ご、ごめんね？」

「わざわざ謝らなくても」

美桜は視線を合わせず、気恥ずかしそうに言う。まだ今朝のことを引き摺《ず》っているようだった。

翔太も釣られて声が上擦りそうになるが、努めて平静を装って答える。

その姿は、まさに付き合い始めたばかりの初心なカ、ッ、プ、ルと皆の目に映るだろう。

もっとも、美桜とは本当に付き合っているわけじゃないのだが。

「美桜っちー、うちらのことは気にせずラブラブしてていいよー？」

「そうそう、私らその辺に転がる路傍の石になっとくし」

「あとカレシ持ちはフツーに眩《まぶ》しいし」

「こないだの親睦会の時は、ほんと見せつけられたよねー」

「「ねーっ！」」

「り、りっちゃん！　みんなも！」

美桜がそそくさと六花《りっか》たち仲のいい友人グループへ駆けていくと、早速とばかりに先日のことで皆に弄られる。

翔太のところにも中学からの友人である和真《かずま》がにへらと笑いながらやってきて、茶化すような言葉と共に肘《ひじ》で小突く。

「いやぁ五条《ごじょう》のやつ、変われば変わるもんだな～」

「それは俺も思う」

「翔太もカノジョが可愛くて鼻が高いだろ？」

「いやでも、中身は前と変わらないし」

ニヤニヤと揶揄《からか》う和真に、翔太は憮然《ぶぜん》として答える。

幼馴染《おさななじみ》である美桜は、中学時代とは容姿を一変させた。いわゆる高校デビューだ。

改めて美桜に視線を移し、かつてと比較してみる翔太。伸びるに任せ寝癖もそのままにただひっ詰めていただけの髪は今や緩くウェーブを描きふわふわとしており、今まで着けたことのなかった赤いリボンがアクセントとして映えている。

スカートの下は常にジャージだった野暮ったい制服姿も、今はオシャレに着崩し、下品にならない程度に太ももを曝《さら》け出《だ》す。

美桜は、長年すぐ傍で見てきた翔太が詐欺だと叫びたくなるくらい可愛らしくなった。

もっともその結果恋愛絡みの妙なトラブルに巻き込まれるようになり、学校ではカップルだと偽装することになったのだが。

「ふぅん？　中身は変わらない、ねぇ……？」

「なんだよ、和真」

「いや、さっきみたいなしおらしい態度なんて、今まで見たことないと思ってさ」

「それは……」

「やっぱこないだの親睦会のアレで、意識するようになったとか？」

「っ、………さぁな」

思わず言葉に詰まる翔太。

確かに先日の親睦会では色々あった。皆の前でやらかしたと思う。

翔太が頬を少し赤らめむず痒そうな顔をしていると、ふいにこちらに振り返った美桜と目が合った。

「……ぁ」

「……っ」

美桜は目を瞬かせると共に、たちまち顔を茹《ゆ》でダコのように真っ赤にし、「いいから行こっ！」と六花たちを急かす。

いかにも翔太を意識し、照れているかのよう。とてもじゃないが、偽の恋人同士には見えないだろう。

周囲も翔太と美桜が付き合っていることを疑わず、微笑ましく見守っている。

しかしその実情は違う。先日の親睦会の後、大変なことがあったのだ。だけど、それを説明するわけにもいかなくて。

そんな翔太に、和真がごちそうさまとばかりに肩を竦《すく》めた。

「お熱いこって」

「うるせぇよ」

「で、翔太。愛しのカノジョにフラれたわけだけど、昼メシどうする？」

「そうだな――うん？」

「んっ……」

するとその時、ふいに腕を引かれた。

振り向けば英梨花が遠慮がちに制服の袖《そで》を摑《つか》み、何か言いたそうにこちらを見つめてくる。傍からは、その様子が不器用に兄へ甘えてくる妹そのものに見えたのだろう。

勘のいい和真はすぐさま、英梨花に悪いとばかりに両手を上げた。

「っと、兄妹《きょうだい》水入らずを邪魔しちゃ悪いわな。んじゃ、オレは適当に済ませてくるよ」

「あ、和真っ」

言うや否や和真は意味深に片目を瞑《つぶ》り、この場を去っていく。

妙に気を遣われたらしい。翔太はまいったなとばかりに頰を搔《か》く。

「兄さん……」

「っと、俺たちもメシに行こうか」

「ん」

するとと英梨花が少し申し訳なさそうに眉《まゆ》を寄せて顔を覗《のぞ》き込んできたので、翔太は苦笑を返す。最近、家では翔太が困るような距離感で甘えてくることがあるものの、外での英梨花は依然として人見知りだ。

六花たちとはちょくちょく話すようになったみたいだが……どうやら焦った美桜に置いていかれたらしい。

こんな時、兄として頼られることに否やはない。

それにここのところ美桜との偽装カップルの演出のおかげで、学校で英梨花を放置気味だったのも事実。むしろ仲間外れにするような形になり、心苦しささえ覚えた。

廊下へ出れば、授業からの解放感を謳《うた》う生徒たちで騒めいていた。

兄妹揃《そろ》って肩を並べ、購買も併設されている食堂へと向かう。

さて何を食べようかと思い巡らせていると、やけに周囲からの視線がこちらに――正確には翔太と英梨花の髪へ向いていることに気付く。

耳をそばだてれば「あの色、地毛だって」「あぁ、例の1年の兄妹」「やっぱ、人形みたい」といった声が聞こえてくる。

翔太と英梨花の髪色はよく目立つ。最近、クラスの皆は慣れてきたので取り立てて騒がないものの、やはり他の人たちには奇異に映るのだろう。

それだけじゃない。英梨花をチラリと見てみる。月のように煌《きら》めくミルクティ色の長い髪、白磁のように透き通った肌に、日本人離れしたくっきりとした目鼻立ち。

兄である翔太の目から見ても、英梨花の美貌《びぼう》は周囲から抜きん出ているのだ。噂になるのも当然だろう。

英梨花はといえば、肩身が狭そうに表情を曇らせていた。別に悪し様に言われているわけではないが、やはり特異な容姿で散々苦労してきたこともあって、目立つのは好まないようだ。

その顔を見て、ズキリと胸が痛む。

美桜や英梨花とのキスを境に、今までの日常や関係が少し変わったとはいえ、それでもやはり英梨花は守るべき妹という思いが強い。

少しばかり眉を寄せ、考えることしばし。

「お昼は購買で何か買って、どこか静かなところ探そうか」

「え？」

「校舎の裏手とか、行ったことないんだよな。花壇とかあるらしいけど」

なるべくニコリと明るい表情を作り、言外に人目の少ないところへ行こうと提案する翔太。英梨花は目をぱちくりさせた後、その意図を汲《く》み取ったのか、強張っていた顔を少しばかり綻ばす。

そしてサッと周囲に視線を走らせた後、遠慮がちに制服の袖を引き、囁《ささや》く。

「ありがと、兄さん」

「気にすんなって。家族だろ？」

「んっ」

翔太がなんてことない風に笑えば、英梨花も釣られて笑みを零した。


放課後になるや否や、美桜が大きな声と共に立ち上がった。

「やばっ、今日スーパーのお買い物カード入金チャージポイント5倍デーだった！」

ドタバタと帰り支度を始める美桜に、六花が首を傾げながら訊《たず》ねる。

「美桜っち、入金するだけならそんなに焦らなくてもいいんじゃゃ？」

「甘い！　皆この日にこぞってチャージして懐があったかくなるから、お米とか牛肉の塊とか普段はお高いものが特売になるの！」

「そ、そうなんだ」

「結構早くに売り切れちゃうから、急がなきゃ！　また明日《あした》ね！」

「う、うん、気を付けてね」

そう言って美桜は慌ただしく教室を飛び出していく。そんないつもの生活感溢《あふ》れる美桜の言動に、翔太だけじゃなく六花やクラスの皆も苦笑い。

和真もまた、肩を竦めながら話しかけてくる。

「五條、ああいうところは相変わらずオカンめいてるよな」

「まぁな、あの見た目でやられるとギャップがひどいというか」

「あはは、確かに。いやけど、なぁ……」

「……なんだよ、和真」

和真はひとしきり笑った後、急に黙り込んで顎《あご》に指を当てて思案顔。

翔太がそんな親友の反応を訝《いぶか》しむ目を向けると、和真は眉を寄せて頬を指で掻きながら少し言いにくそうに口を開く。

「いや、オカンっていうとアレだけどさ、言い方変えればいいお嫁さんになるなって思ってさ」

「よ、嫁っ!?」

思いもよらぬ言葉に驚き、目をぱちくりさせる翔太。

そんな翔太に、和真は諭すように言う。

「考えてもみろよ。家事全般そつなくこなし、料理も出来て買い物上手。しかも今はあれだけ可愛らしいときた。もし結婚相手として考えたら、かなりの優良物件じゃね？」

「それは……そうかもだけど……」

確かに和真の言う通りだった。

だけど今までそんなこと考えたこともなく、釈然としなかった。

美桜は小さな頃からずっと当たり前のように傍に居て、それこそ家族以上に同じ時を重ねてきた幼馴染だ。やはり、その印象が強い。そして幼馴染だからこそ、家族よりも傍に居たという思いも。

だから美桜が幼馴染以外の存在になると、どこか遠くなってしまいそうで、他の関係へと変わってしまうことにひどく抵抗がある。恐れと言ってもいいだろう。

「…………」

思わずしかめっ面になる翔太。

すると和真は少し呆《あき》れたような笑みを零し、翔太の肩を叩《たた》く。

「ま、あの釣り上げた魚大きいから逃すんじゃねーぞっと。オレはもう行くわ」

「魚って……って、どこか行くのか？」

「部活だよ、部活。実は写真部に入ったんだ」

「へぇ、写真部ねぇ」

親友の口から飛び出した意外な言葉に、思わず怪訝《けげん》な顔になってしまう。

明らかに似合わないといった表情を作る翔太に、和真はその反応もさもありなんといった様子でスマホを取り出し、掲げる。

「写真っていっても、本格的にカメラでどうこうじゃなく、主にスマホで撮るんだよ」

「スマホで？」

「そうそう、何か面白そうなものを見つけたら撮ってみたり、ネットとかで見つけた噂のフォトジェニックスポットに撮影に行ってみたりとか、そんな緩～い部活」

「なるほど、半分遊びに行くのが目的のところか」

「そんな感じ。高校じゃ今までとちょっと違うことしたかったしな。それに……」

「それに？」

「部長の先輩がさ、めっちゃ可愛くて胸も大きいんだ！」

「……ったく、和真は」

でへりと頬をだらしなく緩ませる和真。

今度は翔太が「アホ」と言って肩を竦める番だった。

そんな風にじゃれ合っていると、和真は不意に真面目な顔を作り、少し躊躇《ためら》いがちに翔太の左腕をチラ見し、真っ直ぐな目で問いかけてくる。

「前も聞いたけどさ、翔太は部活とかどうすんだ？」

「俺は……」

「……っ、悪い、余計なお節介だったな。んじゃ、オレは行くわ」

「…………」

和真は口籠《ご》もった翔太に悪かったとばかりに片手を上げ、そのまま廊下へと向かう。

後に残された翔太は、ふぅ、と小さなため息を1つ。

すると今度は横からつんつんと腕を突かれた。六花だ。六花は調子の良さそうな笑みを浮かべ、尋ねてくる。

「やぁやぁ葛城《かつらぎ》の旦那《だんな》、ちょっといいかい？」

「誰が旦那だ。で、どうした今西《いまにし》？」

「それなんだけど、英梨ちん借りてっていい？　今ね、郡山モールでご当地プリンフェアやってるの！」

きらきらと瞳《ひとみ》を輝かせる六花。彼女のすぐ後ろでは何人かの女子たちが集まり、スマホ片手に「瓶が可愛い！」「フォークが必要なくらいの硬いプリンだって！」「種類多すぎだってば！」と盛り上がっている。そして彼女たちの輪の端っこで、遠慮がちに話を聞く英梨花が居た。

英梨花は彼女たちから頻繁に話しかけられており、どこか落ち着きがなさそうにそわそわして瞳を好奇の色に爛々《らんらん》と輝かせている。

ふと、英梨花と目が合った。

英梨花は翔太と六花たちを交互に見やり、困ったように眉を寄せる。

プリンに興味津々、六花たちとも仲良くなりたい。だけど、ちゃんと彼女たちと上手くやれる自信が無くて迷っている。……そんなところだろう。

六花はといえば、〝待て〟をされた子犬のみたいな様子で、早くゴーサインを出して欲しそうな目をしている。

苦笑を零す翔太。六花は純粋に英梨花とプリンを食べに行きたいに違いない。その人となりは、中学の頃からよく知っている。六花なら英梨花を任せても大丈夫だろう。

「まぁ英梨花が行きたいなら、俺から言うことは何もないよ」

「そっか！　あ、英梨ちんのことが気になるなら、葛城くんも一緒に来る？」

「女子の中に１人だけとか勘弁。ともかく、英梨花を頼むよ」

「あはっ、かしこまりっ！」

翔太がそう言うと、六花はパァッと表情を輝かせ敬礼。

そしてその勢いのまま「お許しが出たよーっ！」と叫んで彼女たちのグループへ戻り、きゃあきゃあと騒ぎ、移動し始める。

教室を出る直前、最後尾にいた英梨花がこちらに振り返り、小さく口だけで『ありがと』と言ってはにかむ。翔太は目を細め、いってらっしゃいとばかりに小さく手を振った。


電車を降り、家までの帰り道。

翔太は自らの左手を眺めながら、先ほどの和真の言葉を思い返していた。

「…………」

握りしめては、開く。左手はもう、何の問題もない。

あの時の失敗を切っ掛けに、足踏みしている自覚はある。

ふいに脳裏に昔からよく知る、少々負けん気の強いとある女の子の顔を思い浮かべれば、ズキリと胸が痛む。

「俺は…………うん？」

その時、ポツリと左の手のひらに雨粒が落ちる。

空を見上げれば、遠くの方で黒い雲がごろごろと唸《うな》り声を上げていた。

もしかしたら一雨来るかもしれない。

翔太は降られてはたまらないと眉《まゆ》を顰《ひそ》め、小走りで家まで駆けだした。

◇◆◇

「むぅ、雨だ」

美桜がスーパーでの激闘を済ませて外に出ると、ザァザァと雨が降っていた。

通り雨だろうか？　傘無しでは少し躊躇うような雨足だ。

美桜は買い物用に使っているトートバッグに目を向け、眉を寄せる。入っているのは、今日の戦果であるいつもより2割ほど安く買えたお米に牛ブロック肉、それからいくつか買い足した野菜に調味料。

（……やっぱ、しょーちゃんに付いてきてもらったほうがよかったかも）

なんてことを思いつつも、その考えを否定するかのように力なく小さく頭《かぶり》を振る。

スーパーから葛城家まで、そこそこの距離だ。手ぶらなら走って帰るところだが、今日は大きな荷物を抱えてしまっている。

先日の一件で、妙に翔太を意識してしまっていた。

今日だっていつもならお米を買いたいから付いてきて、と言っていたはずだ。

それなのについ急に思い出した体を装い、置いてけぼりにするかのように教室を飛び出している。まったくもって自分に呆れてしまう。

美桜は「はぁ」と自らに呆れたため息を吐き、ガサゴソとスクールバッグから折り畳み傘を取り出し、トートバッグを抱えるように持ち直す。

パラパラと傘を叩く雨音を聞きながら、気の重さを引き摺《ず》るようにしてのろのろと歩く。

胸にはもやもやしたものが渦巻いている。

あからさまに変な態度を取っている自覚はあった。

いつまでもこのままじゃ、翔太も困ってしまうだろう。

――いつも通り、いつも通り。

美桜は自分に言い聞かせるように、心の中で繰り返す。

「美桜、それ持つよ」

「へ？　しょーちゃん……？」

するとその時、前方から声を掛けられた。顔を上げれば、私服に着替えた翔太の姿。

翔太は美桜のトートバッグに気付くと、ひょいっと取り上げる。

「重っ……って、お米か。こういう大物買うなら声掛けてくれよな」

「どうして……」

突然のことで目をぱちくりとさせ、唖然《あぜん》とした言葉を零す美桜。

すると翔太は苦笑しながら言葉を返す。

「雨が降ってきたからな。荷物あるのに傘がないと困ると思って」

「わざわざ持ってきてくれたんだ？」

「そりゃ持ってくるだろう」

さも当然のようにさらりと言う翔太に、美桜の口元が自然と緩む。

「……ありがと」

「まぁ、杞憂《きゆう》だったけどな。折り畳み、持ってたみたいだし」

「あ、うん。いつも鞄《かばん》に忍ばせているから」

「へぇ。けっこうかさ張るからな、俺は降るかどうか怪しい時しか入れてないや」

「でも今日みたいな急な雨の時のために持っておくものだよ？」

「まぁ、それはそうなんだけどさ。……てことはこの傘、要らなかったか」

そう言って翔太は、もう片方の手に持っていたビニール傘を掲げる。

どうやら気を遣われたらしい。

するとたちまち、胸の中の気まずさがじんわりとしたものへと変わっていく。

――我ながら単純なやつ。

そんなことを思い、苦笑する美桜。

「せっかくだし、それ使うよ」

「え、わざわざ傘を代えるの、めんどくないか？」

「折り畳みだと小さいから、結構濡《ぬ》れちゃうんだよね。靴下とかもうびちゃびちゃ」

「そっか」

そう言って美桜は傘を受け取り、折り畳みをしまい、翔太と共に家路を歩く。

足取りは先ほどと違い、靴下が水を吸っているにもかかわらず、やけに軽い。

だからつい調子に乗って、鼻歌まじりに軽口を叩く。

「ぴろりん♪」

「いきなりなんだよ、その音」

「ん～、あたしの好感度が上がった効果音」

「はぁ」

「いやさ、わざわざあたしに傘を持ってきてくれたんでしょ？　そりゃあ好感度上がるでしょ、うん。だからこう、わかりやすく効果音をね？」

「確かにわかりやすいけどさ。ちなみに好感度を上げると、どうなるんだ？」

「ん～、ちょっといいことがあるよ。具体的に今日だと、夕飯のビーフシチューのお肉がいつもより多くなります！」

「そりゃ重要だな」

「でしょー」

そんな幼い頃から幾度となく繰り返してきたじゃれあいに、あははと声を上げて笑う美桜と翔太。

今朝と違い、まったくもっていつも通りの空気に、何か難しく考えすぎていたのではとさえ思ってしまうほど。

だからこの質問も、そういった戯れの延長だった。

「あ、しょーちゃんもあたしへの好感度上がったら、効果音鳴らしてね」

「しねーよ」

「えぇ～っ、恥ずかしがらずに鳴らしてよ。親しき中にも礼儀あり、っていうでしょ」

「鳴らすもなにも美桜への好感度なんて、ガキの頃にとっくにカンストしてるし」

「…………へ？」

いきなりの言葉に思わず足を止め、素《す》っ頓狂《とんきょう》な声を上げる美桜。

一体どういうつもりなのかと、同じく足を止めた翔太の顔を覗《のぞ》き込めば、この幼馴染《おさななじみ》は頬を染めて目を逸らし、少し言葉を詰まらせながら言う。

「あーその、美桜は出会った時から髪の色とか全然気にしなくて、俺を俺として接してくれたし……それに英梨花と離れ離れになって途方に暮れてた時も、ずっと傍に居てくれたから随分救われたというか、感謝してる」

「え、あ、うん」

「だからもう、あの時に好感度なんてカンストしちまってて、だから今、幼馴染なんてやってるんだろうしさ。多分きっと、英梨花もそうだと思う」

「へ、へぇ～……そ、そっか……」

面と向かって言われれば、随分頬が熱くなっていくのがわかった。せっかく落ち着いた胸の騒めきだって、再燃してしまっている。

（しょーちゃんの、アホッ！）

不意打ちで今まで知らなかった翔太の胸の内を告げられ、心の中で悪態を吐いてしまう美桜。そして何よりドキドキしてしまっているくせに、これも悪くないなと思っている自分に一番悪態を吐きたかった。

そうこうしているうちに、勝手知ったる葛城家が見えてくる。

一体、家でどんな顔をすればいいのやら。そんな風に眉を寄せて口をもごもごさせていると、背後から勢いよく走ってくる人影があった。

眼前に躍り出た特徴的なミルクティ色の長い髪が翻ると、つい目を大きくしつつ、反射的にその名前を叫ぶ。

「えりちゃん⁉」「英梨花⁉」

「みーちゃんに兄さん……？」

振り返った英梨花は鞄を頭に乗せ雨よけにしようとしているものの、ほとんど傘の体を為していない。ずぶ濡れだった。

「えりちゃん、折り畳みとか持ってなかったの⁉」

「メッセージでも寄越してくれたら、駅まで迎えに行ったのに！」

「え……あ……」

その発想はなかったとばかりに目を瞬かせる英梨花。その間も雨に打たれており、美桜は、今はそれよりもと持っていた傘を強引に英梨花へ押し付け、目と鼻の先にある家へと走る。

「あたし先に帰って、お風呂《ふろ》とかタオルの用意しておくから！」

合鍵《あいかぎ》で玄関を開け、廊下に鞄や荷物を転がし、一目散に洗面所へ。

真っ先に風呂《ふろ》を沸かし、ついでとばかりにびしょ濡れになった自分の靴下を脱いで洗濯機へ投げ入れる。そしてバスタオルを手に取り回れ右。

美桜が玄関に戻ってくるのと、英梨花と翔太が家に入ってくるのは同時だった。

「はいこれタオル！　とりあえず頭とか拭《ふ》いちゃって！」

「ありが――ぁ」

「英梨花！」「えりちゃん！」

美桜がバスタオルと渡そうとするもしかし、受け取ろうとした英梨花の手は空を切り、そしてこちらに向かって倒れ込んでくる。

咄嗟《とっさ》に抱きとめる美桜。

雨に濡れた英梨花の身体は鉛のように重く、そして熱かった。

◇◆◇

「くしゅっ！」

明くる日の早朝、英梨花の部屋にくしゃみが響く。

英梨花の頬は熱で上気し、呼吸も荒く、額に汗。典型的な風邪の初期症状だった。

枕元にいる美桜は、体温計を見て困ったように眉《まゆ》を寄せる。

「38度1分。うーん、昨夜より少し上がってるね」

その言葉を聞いた翔太も、渋い顔で呟《つぶや》く。

「ちゃんと解熱剤飲んだのにな……大丈夫か、英梨花？　やっぱり病院に行くか？」

「ん、平気。寝てれば多分治る」

「でもなぁ」

どうやら英梨花は昨日の雨で風邪をひいてしまったらしい。

苦しそうに答える英梨花に、くしゃりと顔を歪《ゆが》める翔太。

思えばかつて住んでいた家とはいえ、長年のブランクもあり、新しい環境になったのも事実。その生活にも高校にも慣れなきゃだし、色々疲れも溜《た》まっていたのだろう。

「まぁまぁしょーちゃん、ただの風邪だよ。病院行くにもタクシー呼ばなきゃだし、とりあえず今日は一日安静にしてもらって、様子見ようよ」

「みーちゃんの言う通り。今日は寝ておくから、兄さんたちは学校行って」

「うーん、英梨花もそう言うなら」

「そうそう、ここに居たらあたしたちも風邪うつっちゃうかもだし、えりちゃんも寝られないだろうし、ね？」

「おい、美桜……っ！」

「えりちゃん、お薬やタオルはそこに置いておくから。食欲あったらキッチンのおかゆ、温めてね」

「英梨花、何かあったらメッセージくれよ」

「んっ」

翔太は美桜に背を押され、不承不承といった様子で家を出るのだった。


美桜と共に、英梨花のいない通学路を歩く。

今朝の空は雨のおかげで大気の不純物が洗い流されたのか、透き通るように青く澄み渡っており、太陽も夏を先取りするかのように力強く輝いている。

しかし翔太はそれらと対照的に表情を曇らせており、時折家の方を振り返ってはため息を吐く。美桜はそんな翔太を見て、くすくすと可笑《おか》しそうに笑う。

「しょーちゃん、ただの風邪だし大丈夫だよ。うちの兄貴も、しょーちゃんくらい心配してくれればいいのになー」

「それは……」

「あたしたちが変に大騒ぎすると、逆にえりちゃんが気を遣っちゃうしね」

「うっ、それもそうか……」

確かに美桜の言う通りだった。

ぐぅの音も出ない翔太。

「ったく、しょーちゃん相変わらずシスコンなんだから」

「え、シスコン？　俺が？」

「違うの？　今も昔もえりちゃんにべったりだし」

「それは英梨花が」

「まぁアレだけ可愛い子に懐かれたら、わからなくもないけどね」

冗談交じりにそんなことを言いながら、からからと笑う美桜。

確かにこの年頃の兄妹《きょうだい》なら、風邪一つで大騒ぎすることはないだろう。

美桜は微笑ましげに目を細め、しかしなおも顔を訝《いぶか》し気に歪める翔太の背中をポンと叩《たた》く。

「ま、えりちゃんも家で１人だと心細いかもね。今日はできるだけ早く帰ろ？」

「……おぅ」

翔太はなんとも曖昧《あいまい》に返事をした。

授業は、ずっと上の空だった。

やはり、どうしても英梨花のことが気になってしまう。

過剰に気に掛けている自覚はあった。それこそ、シスコンと言われてしまうほどに。

理由もわかっている。

熱で苦しそうにしている顔が、かつて髪や容姿のことでいじめられ、泣きついてきたえりかと重なってしまったから。だからあの時の、兄としてこの妹を守らなきゃという使命感も強く思い起こされてしまって。

だけど、今と昔は違う。英梨花も随分と大きくなった。色々翻弄《ほんろう》されることも多い。

それでもやはり、翔太にとって英梨花は小さな妹なのだ。

苦しそうにしているなら、悩んだりしているなら、兄として何とかしてあげたくなるもの。そのことを再確認させられた。

こういう時、一体どうするのが正解なのだろう？

そんなことをずっと考えていたからだろうか。

その事故は起こるべくして起こった。

「随分とファインプレーだったな、翔太。バスケのパスを顔で受け止めるとか」

「うるせーよ、和真」

「まぁでも、大したことなくてよかったよ。鼻血も止まったみたいだし」

「……おかげさまでな」

体育の授業中、不注意から怪我をした翔太は、和真に連れられて保健室の世話になっていた。幸いにして怪我は大したことなく、養護教諭も処置をした後、席を外している。

養護教諭の代わりに経過を見るため残った和真は、揶揄《からか》うように言う。

「今日はほんとボ～っとしてるよな。それだけ妹ちゃんのことが気になるのか？」

「それは…………悪いかよ」

「過保護だね～、まぁアレだけ可愛いとわからなくもないけど」

「美桜と同じこと言うのな」

「あっはっは、翔太はそれだけわかりやすいからな」

うぐっ、と呻《うめ》き声を上げる翔太。

どうやら英梨花を気に掛けている様子は、端からも一目瞭然《いちもくりょうぜん》らしい。

そしてやはり、この年頃の兄妹の関係としては奇異に映るようだ。

「……変か？」

「いんや、全然」

「へ？　和真……？」

翔太が恐る恐る訊《たず》ねれば、和真からやけにはっきりと答えられ、思わず呆気《あっけ》に取られた声を出してしまう。

和真は苦笑しつつ窓の外へと視線を移しながら、少し気恥ずかしそうに言う。

「オレも受験間際に風邪をひいた時さ、ねーちゃんがわざわざちょっとお高い桃のゼリーを買ってきてくれて『さっさと治せ』って言ってくれたんだよ。それ、結構嬉《うれ》しかった」

「……へぇ？」

「もしうちのねーちゃんが風邪をひいたとしても、オレもなんだかんだ同じことすると思う。翔太の場合、これまでずっと妹ちゃんと離れてたんだろ？　なら、余計に気になるだろうさ。あと美人だしな」

「だから最後の一言余計だってーの」

「ははっ。で、美人は否定しないんだ？」

「うっせ！」

親友に自分の気持ちを肯定され、心が軽くなるのを感じる。

どうせこのまま学校に居ても、授業に身が入らないだろう。

よし、っと勢いよく立ち上がった翔太は、和真に伝言を頼む。

「やっぱ俺、帰るわ。和真、あとは任せていいか？」

「おぅ、今度昼メシ奢《おご》れ」

「学食の素うどんな」

「ははっ、ケチ」

◇◆◇

世間ではとっくに始業の時間を迎え、多くの人が仕事や授業に従事している午前中。

風邪で1人家に残った英梨花は、ベッドの上で天井に向かい、「ふぅ」と熱い息を吐き出す。

通勤通学で人々を吐き出した地方都市の住宅街は、行き交う車も少なくやけに閑静だった。まるで自分だけ世界に取り残されたようで寂寥《せきりょう》感を覚えてしまい——そんな自分にびっくりしてしまう。

1人には慣れているはずだ。

風邪で家に1人だなんて、今までよくあったことではないか。

弱音なんて、吐いてはいけない。

本当の自分は葛城家にとって、遠縁の子供。直接血の繋《つな》がらない異物。それゆえ、かつて家族を離散させてしまったではないか。

——だからなるべく、迷惑をかけたくない。

そう思っていたから昨日は駅まで傘を持ってきてもらうことを遠慮して、その結果がこれである。なんて自業自得。

昨日、帰宅時に熱を出して倒れて、翔太と美桜の世話になってしまったことを思い返す。

『しょーちゃん、えりちゃんを部屋に運んで！　あたしはタオルと一緒に着替え持ってくから！』

『わかった！　その後、着替えや寝かせるのとか任せるから、俺はひとっ走りスポドリや冷却シート買ってくる！』

『ついでに栄養ドリンクもお願い！』

『常備薬はあったよな⁉』

『あったはず。なかったらメッセージ送るから！』

『了解！』

英梨花が熱でボーっとしているうちにあれよあれよと部屋へと運ばれ、着替えさせてもらい、薬を飲まされ看病されていた。あっという間の出来事だった。

翔太と美桜の阿吽《あうん》の呼吸《こきゅう》、打てば響くようなやり取り。

それだけ2人の間に積み重ねられたものがあることを、まざまざと見せつけられた。そして2人こそが本物の兄妹のように見え、じくりと胸が沁《し》みるように痛む。

思考がよくない方向に傾いている自覚があった。きっと、風邪のせいだろう。

早く治さなきゃ。

幸いにして先ほど飲んだ薬が効いてきて、眠気もやってきている。このまま寝てしまえばいい。

目を瞑《つぶ》り、無意識のうちに身を守るかのように背を丸めて布団を被り、意識を沈めていく。

深く、深く、今は何も考えないように。

うとうと。

ふわふわ。

頭は熱に浮かされてぼんやりしており、夢と現実との境界が曖昧になっていく。

身体は鉛のように重く、寝返りさえも覚束ない。

ぶくぶく。

はぁはぁ。

心まで底冷えしそうなほど寒く、息も苦しい。

まるで深海で溺《おぼ》れているかのような感覚。

そこから逃げ出そうとして、踠《もが》くように手を伸ばす。

『にぃに』

助けを求めるように、そんな言葉が自然と出てきた。

すると幼いしょうたが現れ、にこっと笑って手を摑《つか》む。

自分の姿もどんどん幼くなっていくと共に、たちまち胸がじんわりと温かくなっていく。

くぅくぅ。

すぅすぅ。

しょうたはただにこにこして手を握り、傍に寄り添ってくれている。

それだけでえりかの心はすっかり穏やかになり、身体もすごく熱い。

思えば幼い頃から兄は、いつだってえりかが辛くて苦しい時は手を握ってくれた。えりかはそんな兄のことが、ずっと大好きだった。

今日だって本音を言えば、傍に居て欲しかった。昔ならきっと、素直にその気持ちを伝えたことだろう。

だけどもう、今はあの頃とは違う。

学校だってあるし、兄には兄の生活や付き合いもある。

ワガママで困らせるのは本意ではない。心配してくれただけで十分。

あぁそれでも。

せめてこの熱と夢が覚めるまではと、幼い頃よく口にしていた素直な想いを零す。

『にぃに、どこにも行かないで』

そう言うとしょうたはにっこり笑って手を握り返してくれる。

『にぃに、大好き』

しょうたはびっくりして目を大きくしたものの、照れ臭そうに頭を撫《な》でてくれた。

『えりか、にぃにのお嫁さんになる。ずっと一緒』

すると今度はブフォッと大きく噴き出す声が聞こえ——英梨花の意識は強引に浮上させられた。

困惑する頭で状況を把握しようとし、寝惚《ねぼ》け眼が実像を結べば、目の前にはどうしたわけかケホケホとやけに咽《む》せている翔太の姿。窓から差し込む陽は未だ強く、帰宅の時間には程遠い。

「……兄さん？」

疑問が言葉となって口から零れれば、翔太は目を瞬かせ、「んっ」と何かを誤魔化すように咳払《せきばら》いをして、こちらに向き直る。

「起きたのか、英梨花」

「学校は……？」

「あー……うん。顔色はかなりよくなってるな」

「えっと……」

微妙に嚙《か》み合わないやり取りに、英梨花は眉《まゆ》を顰《ひそ》める。

「しょーちゃん、何か大きな音が聞こえたけど、何かあったの？」

「え、みーちゃんも……？」

すると今度は、美桜まで部屋へ駆け込んで来た。エプロン姿で手には剝《む》きかけのジャガイモとピーラー。ますます困惑を深める英梨花。

英梨花が、わけがわからないといった表情でいると、翔太と顔を見合わせた美桜が、少し呆《あき》れたように言う。

「いやぁ、結局えりちゃんのことが気になって早退してきたんだよね。相談する前にしょーちゃんが帰ってたことにはびっくりだったけど。さすがシスコン。ほら、手」

美桜が翔太の手へと英梨花の視線を促せば、そこで初めて手を繋いでいることに気付く。何か夢でも似たようなことがあった気がするが、記憶は曖昧《あいまい》だ。

「……ぁ」

翔太はといえば、急に気恥ずかしくなったのか慌てて手を離し、英梨花の口から少し物寂し気な声が漏れる。

「これはその……アレだ、なんかこう、民間療法？　って、俺がシスコンなら同じく早退してきた美桜は何なんだよ」

「ハッ、何が親友想いの美少女だ」

「あたしはほら、純粋にえりちゃんを心配する、親友想いの美少女？」

「あはっ、自分で美少女だなんて言って、ちょっとぞわわ～ってきた！」

そんなやり取りをしながら、笑いだす翔太と美桜。英梨花も釣られて、クスリと笑みを零す。

どうやら2人とも自分を気にして早退してきたらしい。その厚意がおかしいやら、うれしいやら。だけど、ここが自分の居場所だと言ってくれているような気がして。

——だからもう少し、素直に甘えてもいいのかも。

そんなことを考えている間にも、美桜は温くなった冷却シートをぺりっと剝《は》がし、おでこをくっつけてくる。

「うん、熱ももう下がったみたい。よかったね、えりちゃん」

「んっ」

「何かして欲しいこととかあったら言ってね。あ、ごはんはシチューを消化にいいようトロトロの限界目指して煮込んでるところだから！」

「じゃあ汗でびっしょりだから着替えたい」

「えりちゃんの寝間着、全部洗っちゃってるから、しょーちゃんのでもいい？」

「ん、全然かまわない」

「あ、着替えはしょーちゃんに手伝ってもらう？」

「それはさすがに心の準備がいる。5分待って」

「5分待てばいいみたいな言い方するな！」

すかさずツッコミを入れる翔太。英梨花も美桜と一緒に悪戯《いたずら》っぽく笑う。

「しょうがない、あたしが手伝うから、しょーちゃんは着替え持ってきて」

「はいはい。英梨花、他になにかあるか？」

「ん……昨日買ってきたプリン、皆で食べたい」

英梨花がそう言うと、翔太と美桜は顔を見合わせ苦笑い。

一体どういうことかと首を傾げると、翔太が気恥ずかしそうに口を開く。

「実は俺も、英梨花がプリン好きなの思い出して買ってきてるんだよ」

「あたしもプリンなら食べられると思って、りっちゃんから郡山モールのご当地プリンフェアの話を聞いてさ。今うちの冷蔵庫プリンまみれ！」

「じゃあみんなでプリン祭りしたい」

「いいねぇ、今日のご飯は少な目にして、そうしよう！」

「うんっ」

顔を見合わせ、笑い声が上がる。

そんな心から安らぐやり取り。

甘えるべき時は甘えさせてもらおう。

そして自分もこの2人に何かあった時、遠慮なく甘えてもらえるよう強くなろう。

英梨花はそう、強く心に誓うのだった。

第2話 誕生日

英梨花《えりか》の熱は1日で下がった。

本人はもう大丈夫と言うものの、翔太《しょうた》と美桜《みお》に諭され、大事を取ってもう1日休みを取ることに。なお代わりにというわけじゃないが、英梨花からはちゃんと学校に行くようにと念を押された。

ちなみに英梨花は休んだその日はずっと、翔太の部屋から持ち出したとある漫画のシリーズを読みふけっていたらしい。

相当嵌《はま》ったのかその日の夕食時に英梨花はずっと熱く語り続け、その煽《あお》りを受け再燃した翔太と美桜と共にアニメ版を視聴し、少しばかり寝不足になってしまった翌日。

2日ぶりに教室に顔を出した英梨花は、六花《りっか》たち――美桜と一際仲が良いグループの女子たち――に、早速とばかりに囲まれていた。

「英梨ちん、風邪だったんだって？　大丈夫？　もう平気？」

「そうそう、一昨日《おととい》とか葛城《かつらぎ》くん、朝から全然落ち着かない様子だったし！」

「いつの間にか姿が見えなくなったと思ったら、看病に帰っちゃったしさ！」

「いやー、愛されてるねー、相変わらず妹大好きお兄ちゃんだね～」

「……兄さん？」

風邪を引いた当日の兄の教室での様子を聞かされ、ジト目を向けてくる英梨花。

あの時は少しばかりやらかしたと自覚する翔太は、気まずさからそっと目を逸らしつつ、頭を掻きながら答える。

「まぁ、あの時は居ても立ってもいられなくて……ほら、英梨花って小さい頃はよくああして寝込んだ時、すぐ寂しがって俺の名前を呼んでたのを思い出してさ」

「っ⁉　そ、それは昔の話、今はもう違う！」

「いやでも実際、浮かされて――」

「兄さん！」

「――ぁ痛っ⁉」

さすがにあの時のことを聞かれるのは恥ずかしいようで、頬を膨らませた英梨花に腕を抓《つね》られる。

そんな微笑ましい兄妹のやりとりを、にこにこして見守る六花たち。

英梨花に怒られたものの、しかしこうして皆が妹を気に掛けてくれていると思うと、口元も緩む。

するとその時、六花がポンッと手を合わせ、にんまりと口を三日月形に歪《ゆが》めて言う。

「葛城くんの行動もアレだったけど、美桜っちも美桜っちだったよね〜」

「そうそう、落ち着かない葛城くんを『心配し過ぎ』『構い過ぎると嫌われちゃうよ〜』なんて言って宥《なだ》めつつ、放課後買って帰る物リストとか作ってたりして！」

「で、葛城くんが早退したことを知るなり、五條《ごじょう》さんも仕方ないなぁって言いながら、さっさと後を追うように帰っちゃうし！」

「あまりに自然だったけどさ、よくよく考えると余所の家の事情だからね〜」

「っ！」

余所の家の事情。その言葉で一瞬ギクリとしてしまう翔太。

確かに六花たちの目から見れば、美桜にとって英梨花は仲の良い幼馴染《おさななじみ》とはいえ、赤の他人の家のことになる。あまりにお節介が過ぎるように映るかもしれない。

しかし翔太にとっては、美桜が来るのはあまりに自然なことだった。一緒に住んでいることも、いつの間にか当たり前になっている。だけど、この年頃の血の繋《つな》がらない男女が一つ屋根の下にいることは、世間的に醜聞で隠すべきことだということもわかっていて。

まるで美桜との関係を否定されたように感じてしまい、ズキリと胸が痛む。

だが一方その美桜は、今気付いたとばかりに口に手を当て、驚きの声を上げた。

「あ、ホントだ！　あたしの中じゃ今の今までえりちゃんを看病するのが当たり前のこと過ぎて、疑問に思ってなかったよ！」

「まさかの本人も無自覚だった⁉」

「って、うちらもついさっきまで、ごく自然に受け入れてたけど！」

「いやほら、あたしとしてもえりちゃんは昔から妹分〜って感じだし、それにしょーちゃんやけに落ち着きなかったしさ、なんかやらかしたりとか、えりちゃんが弱ってるのをいいことにエロいことをしやしないか心配もあって！」

「おい美桜、後半！」

「ん、するなら私が元気な時にして欲しい」

「英梨花まで⁉」

そう英梨花もノリツッコミとばかりに言えば、周囲からもあははと笑い声が上がる。しかし内心、悲鳴を上げそうになる翔太。英梨花はといえば、こちらに向かって下唇に指を当てて悪戯っぽく笑っている。確信犯だ。

まさか兄妹で不純なことをするとは思っていないだろう。このやりとりは美桜も六花たちも、兄妹のちょっとした戯れに見えるに違いない。だけど英梨花は、直接血が繋がっていない、義理の妹なのだ。

そんな中、六花がはたと何かに気付いたとばかりに言う。

「でも実際さ、美桜っちが葛城くんと結婚したら、英梨ちんって義理の妹になるよね」

「へ？」「っ⁉」

その指摘に素《す》っ頓狂《とんきょう》な声を上げる美桜に、息を呑《の》む翔太。

結婚。

もしするとしてもまだまだ先のことであり、意識したことなんてない。

だけど確かに六花の言う通り、美桜が翔太と婚姻関係を結べば、自然と英梨花は美桜の義妹になる。

偽装とはいえ六花たちの目から見れば、翔太と美桜は付き合っているのだ。そういう考えに至るのも、自然な流れだろう。

そのことに気が付いた他の女子たちも、きゃあ！　と黄色い声を上げ翔太と美桜を取り囲む。

「つまり、オカン属性が極まった行動じゃなくて、実はできる嫁ムーブだった⁉」

「そうだよね、義妹《家族》なら看病するのも当然だし！」

「あ！　幼馴染だから当然、両家の顔合わせとか済ませてるし、嫁姑《しゅうとめ》問題も大丈夫⁉」

「しかも五條さん、家事料理ばっちりだから、いつ輿《こし》入《い》れしてもいいときた！」

「おいおい葛城くん、羨《うら》ましいな！　うちもこんな嫁欲しいし、このっ、このっ！　で、式はいつにするの⁉」

「え、いや、そう言われても……」

水を得た魚のように盛り上がる六花たち。その揶揄《からか》いに、たじたじになる翔太。

思わず助けを求めるように、もう一人の標的である美桜に視線を向ける。

「し、しょーちゃん、どうやらあたしって優良物件らしいよ!? ど、どどう？　ここはひとつ嫁にしとく？　ほら、あたしってしょーちゃんが好きなエロ漫画のシチュエーションとか、一時巫女《みこ》ものにすごく嵌ってたとかも知っててその辺の理解もあるし！」

「おい、照れつつも俺の言われたくないこと暴露するのやめろ！」

「美桜っち、そんなことまで知ってるんだ!?」

「って、思った以上に2人の仲って進んでるの!?」

「いやー、たはは……」

美桜の照れ隠しなのか、翔太のプライベートかつセンシティブな好みにまで踏み込んだことを言えば、六花たちの興味の火に油を注ぐようなもの。

彼女たちは「「「きゃあ！」」」と快哉《かいさい》を叫び、さらに盛り上がっていく。

結局チャイムが鳴るまで六花たちに弄られ続けた翔太と美桜は、やっと解放されたと顔を見合わせ苦笑い。

翔太が「ふぅ」、と息を吐いて席へと戻ろうとした際、くいっと制服の袖《そで》を引かれたことに気付く。

「英梨花？」

「…………ぁ」

英梨花だった。

英梨花はそこで初めて自分が翔太の袖を摑《つか》んでいることに気付き、驚いたように目をぱちくりとさせている。

一体どうしたのだろうか？

翔太が小首を傾げていると、英梨花はしばしの逡巡《しゅんじゅん》の後、躊躇《ためら》いながら口を開く。

「兄さんは」

「うん……？」

「…………やっぱり、なんでもない」

「…………そっか」

英梨花は少し硬い表情で曖昧《あいまい》に笑う。

気になるものの、それ以上追及できるような空気ではない。

その時丁度、担当教師が教室へと入って来て、翔太は思考を打ち切った。


雨降って地固まる、怪我の功名、災い転じて福となす。

実際風邪をひいた英梨花にとっては災難だったものの、その件を通じてここしばらく翔太と美桜、英梨花の間に横たわっていたギクシャクとした雰囲気は、すっかり元通りになっていた。

この日は数学の課題を忘れていた美桜が、休んでいた英梨花に教わりながら一緒にやったりも。

また、英語の課題を忘れていた六花が美桜に泣きついてきたので、何故か英梨花のノートを写させることにもなった。美桜のものはかなり間違いがあったらしく、六花が写す隣で、涙目になって英梨花に直されたりも。

翔太のお昼はといえば、先日の急な早退で和真《かずま》に色々手伝ってもらった借りを返すため、食堂で奢《おご》ることになっていた。だから今日のお昼は別々だと美桜に告げると、横から六花が「それならうちらも一緒でよくない？」と言ってきた結果、大所帯で食堂へ。

その際、英梨花も六花に誘われる形で一緒に付いてきた。今までなら人見知りを発揮して、辞退していたところだろう。

しかし今日は課題の時もそうだったが、食堂でも六花や和真から話しかけられれば、戸惑いつっかえながらも、返事をしていた。

どうやら六花や和真など、翔太や美桜と近しい友人なら、積極的に交流しようとしているらしい。

翔太としてもそんな妹の変化は、好ましいもの。頬も緩む。

そして迎えた、本日最後の授業であるＬＨＲ《ロングホームルーム》。

「今日は来月半ばにある体育祭の委員を決めます」

担任教諭が告げたそんな言葉で、教室が一気に騒めきだす。

「色分けって、各学年のクラスごとに赤白青黄に振り分けだっけ？」

「そうそう、全学年の色の合計点で勝敗を競うやつ」

「配点は個人より団体の方が大きいから、そっちを重点的に攻める？」

「応援合戦の人気投票や借り物競走とか、運動能力を問われないものが、案外勝敗を左右するって聞いたけど！」

「とりあえず部活対抗があるから、委員は無所属の方が——」

「まとめ役、ってなると——」

侃々諤々《かんかんがくがく》。各所で湧き立つ声の熱量は大きい。

確かに体育祭は、入学して以来初めての大きなイベントだ。

とはいえ体育祭なんて小学校や中学校でも経験してきているものだし、多少特殊な競技が増えようとも、今までのものを大きく逸脱するとは思えない。

この予想外の盛り上がりっぷりに思わず首を捻《ひね》っていると、横から話しかけてくる人がいた。和真だ。

「よっ、不思議そうな顔をしているな、翔太」

「和真。まぁ、はしゃぎ過ぎというかなんていうか……」

「噂だが優勝すると内申点に加味され、指定校推薦でちょぴり有利になるとか」

「へぇ」

進学に関わるとなれば、熱も籠《こ》もろうというもの。意外な形で進学校だと再確認する翔太。

しかし和真はこちらが本命とばかりに、肩を竦《すく》めながら言う。

「あと優勝した組は全員にプレミアムシュークリームが1個ずつ配られるらしい。ほら、郡山モール入り口にある、あそこの」

「え、あそこの結構お高いやつ!?　なるほど、そりゃ女子が盛り上がるわけだ」

「五條とか正にそれだろ」

「あぁ……」

美桜の方へと視線を向ければ丁度他の女子たちから聞いたのか、「え、あたし高くて食べたことない！」と喝采《かっさい》していた。英梨花でさえ、少しそわそわとし落ち着かない様子を見せている。その姿を見て、翔太と和真は顔を見合わせ苦笑い。

教室内の活発な話し合いは続く。

最初こそ面食らったものの翔太は元来、運動は好きな方だ。一時期怪我で遠ざかっていたものの、それももう完治している。

こうして話に参加すれば、なんだかんだで心が疼《うず》くというもの。

やがてある程度の指針が決定し、委員を決めることに。

幸いにして男子の方は、すぐに決まった。

「男子の委員は……北村《きたむら》か」

「精一杯務めさせてもらいますっ」

黒板に書かれた男子委員の名前を見た担任教諭の呟《つぶや》きに、生真面目そうな声色で答える北村。

スラリと背が高く、端整な顔を緊張で硬くしている北村の様子を見て、少しばかり頬を引き攣らせる翔太。

北村とは美桜の件で色々とあった。そもそも、美桜と偽装カップルなんてことをする羽目になったのは、彼の告白が切っ掛けだ。

先日の親睦《しんぼく》会での出来事も記憶に新しい。北村に対し、内心思うところはある。

しかしそれでも翔太は、北村が委員になることに文句はなかった。

少々融通が利かないところがあるものの、物事を公平に見て分析する力がある。それだけでなく指揮能力にも長け、体育の授業では各種競技で司令塔として活躍する姿を見せていた。さらには本人の運動神経も、既にバスケ部で頭角を現しているらしく、運動部内での信頼も厚い。彼こそ適任だろう。

一方女子はといえば、難航していた。

北村ほどに指揮が得意な人がいないのだ。誰でもいいと言えばそうだが、何せ優勝にはプレミアムシュークリームがかかっている。敗北した時の責任を負いたくないのだろう。遠慮し合う空気が醸成されていた。

なかなか決まらず、騒めくだけで無為に時間が過ぎていく。

「女子は誰かいないのか？　立候補がいなければ推薦でもいいが……」

困ったとばかりに担任教諭がそう零すと、誰かがポツリと呟いた。

「五條でいいんじゃね？」

するとたちまち教室のあちこちで「あぁ、五條さんなら」「女子のまとめ役っぽいとこあるし」「中学の時も──」といった声が囁《ささや》かれ、美桜にしようという流れが形成されていく。

美桜と目が合えば、困った顔を見合わせる。

いつもならこういう時、「しょうがないなぁ」だとかなんとか言って、手を挙げているところだろう。

しかし美桜が委員になると必然、北村とペアになってしまうわけで。

翔太や美桜だけでなく、北村本人も気まずそうな顔になっているものの、女子の委員が決まらず焦れてしまったクラスメイトたちは気付かない。

一応、六花があたふたと「美桜っちは盛り上げたり騒いだりは得意だけど、指揮とかは別に～」と火消しに走ってくれているものの、カエルの面に水。

（……英梨花？）

その時、やけにそわそわしている英梨花が目に映った。少しばかり前のめり気味で、手がもぞもぞしている。

何か手を挙げて言いたいことがあるのだろうか？　別の決め方の提案とか？

考えてみるもののわからず、首を捻る翔太。

それなら本人に聞いてみようと英梨花に声を掛けようとした瞬間、美桜はふぅ、と小さく息を吐いた後、「よし！」と小さく呟く。こちらに向かってゴメンねとばかりに片手を上げ、それから「はーい！」と言いながら勢いよく立ち上がった。

「じゃあ、女子の方はあたしがやりまーす！」

その宣言はたちどころに拍手と共に受け入れられ、こうして女子の委員は美桜に決まった。

調子よく皆に「よろしく～♪」と愛嬌を振りまく美桜を見て翔太はため息を吐き、英梨花は少し不満そうに眉《まゆ》を寄せた。

ＬＨＲの終わりと共に、放課後を迎えた。

先ほどとは違った種類の喧騒《けんそう》に包まれ、皆は授業からの解放を謳《うた》う。

翔太が荷物を纏《まと》めていると、いち早く帰り支度を終えた美桜が声を掛けてきた。

「しょーちゃん、今日はちょっと寄るとこあるから、先に帰ってて！」

「買い物なら付き合うぞ？」

「いや、そうじゃなく、今日はアレ、、だから」

「アレ……？」

アレと言われても、何のことかピンと来ず眉を寄せる。

そんな翔太を見て、美桜は困った顔で周囲に聞かれないよう小さな声で言い直す。

「ほら、しょーちゃんの日」

「っ！　あぁ、そうだったな……」

「そういうわけだから」

「わかった」

その言い方で今度こそ思い至った翔太に、美桜は苦笑しつつ片手を上げて素早く教室を去っていく。

幼馴染《おさななじみ》の後ろ姿をぼんやりと眺めながら、複雑な表情になってしまう翔太。

するとそこへ入れ替わるように、気まずそうにやって来る人が居た。

「あーその、葛城くん」

「北村……」

「すまない、僕が五條さんと一緒に委員をすることになって……」

北村だった。北村は相変わらずの不器用ともいえる実直さで、わざわざ言いに来たようだ。心底、彼氏である翔太に申し訳なく思っていることが伝わってくる。

非常に彼らしいと思いつつも、チクリと胸が痛み、どう言葉を返していいかわからない。先日の親睦会で北村がまだ美桜のことを想っているとわかっているから、なおさら。

逡巡《しゅんじゅん》し、見つめ合うことしばし。

翔太は曖昧《あいまい》な笑みを浮かべつつ、素直に思ったままの言葉を返すことにした。

「それとこれとは話が別だろ。あと北村はこれを機に、美桜に変なちょっかい出すつもりもないだろ？」

「それはもちろん！」

「なら話は終わりだ。ただ委員として役目を果たしてくれればいいだけ」

「葛城くんは彼女に好意を寄せる異性がすぐ近くで一緒に仕事していても気にならないのかい？」

親睦会と同じような質問を投げかけてくる北村。

翔太は少し自分に呆《あき》れつつ、憮然《ぶぜん》とした声色で本音を話す。

「そりゃ気にならないと言えば嘘になるが、北村が美桜の気持ちを無視してどうこうするような奴じゃないってわかってるからな」

「キミって奴は……ふぅ、わかった」

そう言って北村は一瞬目を丸くした後に細く息を吐き、降参とばかりに両手を軽く上げながら、身を翻す。

多少気に掛かるものの、この件ではもう大きな問題にならなそうだ。そのことに安堵《あんど》のため息を吐く翔太。

すぐ近くの席にいる英梨花に声をかけた。

「英梨花、俺たちも帰ろうか」

「……ん」


帰路を歩く翔太と英梨花の間には、特に会話はない。

一歩離れて歩く英梨花は、少しばかり意気消沈している。

外、というか学校で英梨花から何かをしようとするのは、珍しいことだ。

だからというわけじゃないけれど、こういう時どうすればいいかわからなくて。

「英梨花」

「ん？」

「……あーいや、なんでも」

何か話す切っ掛けにと名前を呼んでみても、ただそれだけで終わってしまう。それ以上言葉が出てきてくれやしない。ぽりぽりと頰を掻《か》く翔太。

会話がなければ必然、周囲の声がよく聞こえる。

周囲と違う2人の異質な髪色はよく目立つ。校内や通学路でもまだまだ注目を集めることが多い。とはいえ、そんなことは昔から慣れている。

しかしあることに気付く。聞き耳を立てれば兄妹《きょうだい》でどうこう、妹が新入生代表で云々といった兄妹として言及しているものばかりだと。そういえばつい先日のことを思い返すと、あの時もそうだったかもしれない。

やはりこの髪は近親者と紐《ひも》づけて見られるのだろう。だけど、実際のところは、血の繫《つな》がりが希薄な義妹。

翔太は前髪を一房摑《つか》んでねめつけ、眉間《みけん》に皺《しわ》を刻む。

ふと、美桜が一緒にいた時を思い返す。

確かに美桜といる時も、人目を集めることが多い。美桜もイメチェンしてすっかり美少女になっているから、ことさらに。

だが3人でいる時は、翔太と英梨花が兄妹だと囁かれることはなかったかもしれない。

そう、ただの仲のいい3人組になっていた。

——美桜がいると、英梨花は妹として見られていない？

そんな疑問が湧くと、思わず息を吞《の》み、足を止める。

「兄さん？」

「っ、いや、なんでも」

不審に思った英梨花が声を掛けてくるものの、今のこの気持ちをどう言っていいかわからず、翔太は曖昧な笑みを浮かべて誤魔化すことしかできない。

英梨花は納得いかないということがありありとわかる顔で、「そぅ」とだけ返す。

家はもう目前だった。

カギを開け家の中へと身体を滑らせた瞬間、トンッと背中に衝突するものがあった。それから、ドサッと床に落ちる鞄《かばん》の音。

「っ、英梨花……？」

どういうわけか、英梨花がいきなり背中から抱き着いてきた。そしてむずかるように「んぅ～」と唸《うな》り声を上げながら、ぐりぐりとおでこを擦りつけてくる。

突然のことで驚き固まる翔太。

こんなことをされると否応なしに英梨花の華奢《きゃしゃ》で柔らかな身体、つつましくも確かに存在している双丘を感じてしまい、心臓が激しく早鐘を打つ。

されるがままになることしばし。

やがて英梨花は自分がしていることを説明するように、ポツリと呟いた。

「兄さん成分、補給中……」

「なんだよ、それ」

「頑張るためのエネルギー？　今日色々頑張って、尽きちゃったから」

「……そっか」

どうやら今日は、英梨花らしからぬ積極さを見せていたとは思ったが、本人なりに頑張っていたらしい。だから家に戻ってきた瞬間、気が抜けて甘えているようだ。

幼い頃も、よくこうして甘えてきたことを思い返す。頬も緩む。

とはいえ、かつてとは色々違うので困ることは多いのだけれど。

それでも翔太はそんな妹の努力を労うよう、お腹に回された手にそっと自分の手を重ねれば、背中からの「んっ」という声と共に一際強く抱きしめられる。

ややあって英梨花は大きなため息と共に、愚痴るかのように胸の内を明かす。

「なりたい自分になろうとするのって、難しいね」

「……英梨花は変わりたいのか？」

「うん、変わりたい」

はっきりと答える英梨花。

どうやら英梨花は現状の自分にどうなりたいのかはわからないが不満らしい。

それがなぜかはわからないが、しかしいくつか腑《ふ》に落ちることがあった。

今日のことだけでなく、バイトのことだってそう。もしかしたらあの時のキスも、そこからきているのかもしれない。

　翔太は努めて優しく、そしてあやすような声色で言う。

「別に、そんなに焦って変える必要ないと思うけど」

「でも今の私って、兄さんやみーちゃんに色々貰《もら》ってばかりだから」

「そんなこと……」

「あるよ。今だって兄さんから元気を分けてもらってるし。あーもう、甘えてばっかり」

　色々貰ってばかり、という言葉に今一つピンと来ない翔太。

　自分から何かをした覚えもないし、恩に着せようとしたこともない。

　しかし今こうして甘えられていることが、その貰っていることだとすると、つい零れてしまう言葉があった。

「俺はこうして甘えてもらったり、頼ってもらえるの、嬉《うれ》しいけど」

「ん、だから私も兄さんに弱音を吐いてもらったり、頼ってもらえるようになりたい」

「っ、…………そっか」

「うん、そう」

　英梨花は妹だ。それも昔から泣き虫で寂しがり屋、そしてちょっぴり甘えん坊。だから英梨花にそんな風に言われて初めて、大きくなったと思ってしまった。

　この妹の変化をきっと、成長と呼ぶのだろう。

翔太の胸に感慨深いものが広がっていく。

「ただい——わ、しょーちゃんにえりちゃん、何やってんの⁉」

その時、丁度美桜が帰宅した。美桜は玄関で翔太に抱き着く英梨花を見て口をぱくぱく、目をぱちくりさせる。

この年頃の兄妹にしてはあまりに近過ぎる距離。

まるで見られてはいけないところを見られてしまったかのような感覚。

急に羞恥《しゅうち》に見舞われ、必死に弁明の言葉を探す翔太。

「あーえっと、これはだな……」

「兄さん成分の補給中。今日は色々頑張ったから。みーちゃんもする？」

「ん～～～～、あたしはしょーちゃんだけじゃなく、えりちゃん成分も補給したいかな！えりゃっ！」

そう言って、横から翔太と英梨花ごと一緒くたにして抱き着いてくる美桜。突然の幼馴染の行動に、またしても固まってしまう。妹とは違う胸部の存在感に、動揺を隠せない。

英梨花はといえば、最初はびくりと身体を震わせたものの、すぐさまふにゃりと表情を緩め、片方の手を美桜の方へと回し、抱きしめ返す。

「ふふっ、これだとみーちゃん成分も補給できるね」

「へへっ、でしょー？」

「……ったく」

玄関で何をやってるんだか、と呆れた顔をする翔太。

だけどみるみるうちに、昔からずっとこうだったような自然で和やかな空気が広がっていく。こういうのも悪くないな、と思うのだった。

この日の夕食は合《あ》い挽《び》き肉に玉ねぎだけでなくナスやキャベツも混ぜ込んだ、たっぷりキノコソースのよくばりハンバーグにゴロゴロベーコンのポテトサラダ、それに具沢山のミネストローネだった。

「わ、みーちゃんすごい！」

「お、どれも美味《おい》しそうだな」

「へへん、今日は腕によりをかけました！」

どれもこれも手が込んでおり、思わず歓声を上げる英梨花。ドヤ顔で胸を張る美桜。

いつもより少しばかり豪勢な料理に驚きつつも、皆で舌鼓を打つ。

しかし飲み物にジュースが用意されていたり、更に食後のデザートに見た目も華やかなデコレーションバウムクーヘンが出てくれば、さすがに訝《いぶか》しんだ英梨花が疑問の声を上げた。

「今日はどうしたの、みーちゃん？」

「デコレーションバウムクーヘン？　郡山モールで丁度フェアしててさ、それで」

「そうじゃなくて。今日のごはん、やたら豪華だから」

英梨花の言葉を受け、美桜は「へ⁉」と間の抜けた、しかし意外そうな声を上げた。

美桜の反応が予想外だったのか、英梨花も目をぱちくりとさせる。

そして美桜はまじまじと英梨花を見つめた後、少し困った顔をこちらに向けてきたので、翔太は肩を竦《すく》めて言う。

「今日は俺の誕生日だよ」

「そうそう、だからいつもよりちょっぴり贅沢《ぜいたく》してるってわけ」

「あ！」

翔太の誕生日《そのこと》に今気付いたとばかりに驚きの声を上げる英梨花。そして申し訳なさそうにみるみる顔を曇らせ、体が縮こまる。

「ごめんなさい兄さん、すっかり忘れてて……プレゼントも何も用意してない……」

しょんぼりした様子の英梨花に、翔太と美桜は顔を見合わせ苦笑い。そしてなぐさめるように言葉を掛ける。

「まぁここのところ、英梨花は風邪をひいたりして大変だったしな。それに長い間離れてたんだし、うっかり忘れててもしょうがないだろ」

「それにもうあたしらの歳になると、誕生日をわざわざ祝ったりしないもんね」

「でも……」

しかしなおも納得いかないといった様子の英梨花に、翔太は目を細めくしゃりと笑みたいに頭を撫《な》でる。

「その気持ちだけで十分嬉しいよ」

「ん……」

夕食後、今日は準備でくたくたになったからと、一足早くお風呂《ふろ》へと向かう美桜。

そして自分の担当である皿洗いと片付けを淡々《たんたん》と終えた英梨花は、翔太の部屋で不満を隠そうともせずにぶぅたれていた。

「兄さんの誕生日、しっかり祝いたかったのに。プレゼント選んで渡したかったのに。確かに忘れてた私が悪いけどさ、兄さんもみーちゃんもちょっとくらいそろそろだね～とか、それとなく教えてくれたらよかったのに～」

そう言って英梨花はベッドに腰掛けて漫画を読む翔太の背中から、抱き着くように伸し掛かり、肩に顎《あご》を乗せてぐりぐりしながら、先ほどの愚痴を零す。

ふわりと英梨花の髪から甘い香りが鼻腔《びこう》をくすぐり、均整の取れた自分とは明らかに違う異性を感じさせる肢体をこれでもかと押し付けられれば、二重の意味で困ってしまう。妹として甘えてきているということがわかるから、なおさら。

翔太はなるべく兄を心掛け、言葉を選ぶ。

「悪かったよ。美桜との誕生日なんて、もうお互いずっとこんな感じだったから、今年も同じように流しただけなんだ」

「それはわかるけど……でも私、これまで兄さんの誕生日をお祝いしたことなかったから」

「あー……」

英梨花の気落ちした言葉に、くしゃりと顔を歪《ゆが》める翔太。

ここ数年、美桜とは誕生日を祝っていない。意識して祝わなくなったと言った方が正確か。

しかしそれは、翔太と美桜の都合。

夕方帰宅時の『貰ってばかり』という言葉を思い返す。そのことを思えば、英梨花が早速それを実践できるような機会だったのだ。その無念さは一入《ひとしお》だろう。

するとその時、ふいに英梨花が何かに気付いたとばかりに「あ」と声を上げた。

「そういや、みーちゃんの誕生日もそろそろじゃない？」

「……5月6日、GWの最終日だな」

「なら、今から色々と準備できるね！」

ポンッと手を合わせ、うきうきし出す英梨花。

それとは裏腹に、苦々しい表情を作る翔太。

祝わないのには理由がある。しかしそれは美桜の繊細な部分に関することであり、さてどう説明したものかと頭を悩ませる。

「美桜はその、誕生日は特に祝って欲しくないと思うから、当日おめでとうって言って、ちょっとしたお菓子を用意するくらいでいいと思うぞ」

「そうなの？」

「ほら、俺の誕生日もこう、いつもと同じようにあっさりと終わらせているからさ、自分の時だけプレゼントがあったりすると、遠慮したり気にしちゃうだろ？」

「むぅ、そうかも……」

翔太自身少しばかり強引な言い訳と思いつつも、一応は納得を見せる英梨花。

しかし状況は振り出しに戻る。

英梨花は再び兄の背中に伸し掛かりながら、頰を膨らませ唸《うな》り声。

しばらく気のすむまで放っておくことに決め、なるべく背中の女の子の感触を意識しないことを心掛ける翔太。

無心でぱらぱらと漫画のページを捲《めく》るだけの動作を繰り返すことしばし。

ふいに英梨花は身体を離し、悪戯《いたずら》っぽい声を上げた。

「いいこと思い付いた！」

そう言ってどたばたと、英梨花らしからぬはしゃいだ様子で翔太の部屋を飛び出す。

英梨花は自分の部屋でがさごそと何かをした後、カードみたいなものを片手に戻ってきて、どうぞとばかりに差し出してくる。

そこに書かれていた文字を見て、何とも言えない声で呟《つぶや》いた。

「……『なんでもいうことを聞く券』？」

「うん、兄さんへの誕生日プレゼント。ほら、肩たたき券とかあるでしょ？　それの上位互換みたいなやつ。それを出してくれればなんでもいうことを聞くよ」

「は、はぁ」

予期せぬものを受け取り、掲げるようにしながらまじまじと見やる。厚紙にカラフルなペンで文字を書き、右下にデフォルメされた猫が描かれた可愛らしいチケットだ。

しかし肩たたき券と違って使用用途が限られておらず、どういう風に使っていいのかピンと来ない。

それが翔太の顔に表れていたのだろう。

英梨花は少し妖《あや》しげな笑みを浮かべ、耳元に口を寄せ悪戯っぽく囁《ささや》く。

「ちょっとくらい、えっちなことでもいうこと聞くよ？」

「んなっ⁉」

「それじゃ、私は部屋に戻るね。課題しなきゃ」

英梨花は動揺する兄の顔を見て、満足そうにくすりと笑い、鼻歌交じりで自分の部屋へと帰っていく。

後に残された翔太はざわつく胸を押さえながら、困ったようにぼやくのだった。

「……確信犯だろ、あれ」

第3話　英梨花の挑戦

ゴールデンウィークも間近に迫った、ある日の昼休み。

教室のあちらこちらでは体育祭について話し合いが行われていた。もちろん、翔太《しょうた》たちも購買で買い込んだパンを片手に、美桜《みお》を中心にしたグループで話し合っている。

するとそこにふいに六花《りっか》がやってきて両手を合わせ、パンッと大きな音を響かせた。

「お願い、誰かうちのお店のバイト手伝って！」

「へ？」「今西《いまにし》？」「りっちゃん……？」

頭を下げ、拝むようにして言う六花。

いきなりのことにびっくりし、目をぱちくりさせる面々。

仲のいい美桜が、皆を代表して六花に尋ねる。

「バイトを手伝うって、りっちゃん家《ち》がやってるお好み焼き屋さんの？　確か先月リニューアルしたばっかりだっけ？」

「うん、そう。地元テレビ局でも紹介されて、おかげさままで大繁盛！　……なのはいいんだけど、全然人手が足りなくてさ。今日だけでもいいの。私、放課後にどうしても外せない用事があってさ、頼むよ～むっちゃん、菊っち、しーちゃん、美桜っち……はダメか」

この場の女子たちの手を順繰りに取って頼み込む六花。しかし美桜の番でそっと苦々しい表情になり、そっと目を逸らす。

美桜もまた瞳《ひとみ》の光彩《こうさい》を消し、顔を窓の方へと向け、どこか遠くを見上げながら呟く。

「ふっ、あたしも放課後はりっちゃんと同じく、楽しい楽しい補講が待ってるからね……」

「実力テストの嘘つきっ、成績は関係ないって言ったのに……っ！」

乾いた笑い声を上げる美桜に、涙ぐんで怨嗟《えんさ》の声を漏らす六花。

先日の実力テストは成績に絡まないものの、赤点だった生徒にはしっかり補講が課されており、２人は見事に引っかかっている。

皆もなんともな理由で哀愁を漂わせる美桜と六花に苦笑い。そんな中、美桜の次に頼まれると思っていた英梨花《えりか》は、肩透かしを食らったようで、残念そうな顔をしている。

ともかく、六花は今日だけでもいいのでバイトの代わりが欲しいらしい。

しかしあまりに急な話なのも事実、彼女たちは何とも言えない顔を見合わせ囁き合う。

「バイトかぁ、今日は部活あるんだよねー」

「私は予備校があるから……」

「ん～、うちは予定の方はいいんだけど今西さん家とは方向が逆だから、帰りが遅くなるのがちょっと……」

「うぐ、つい今日の補講を忘れてたばっかりに……誰か居ないかなぁ」

「わ、私は……っ」

やはりいきなりのことに難色を示す彼女たち。もし2、3日前に言ってくれていたのなら、都合をつけられた人もいただろう。六花も自分の迂闊《うかつ》さを呪い、困ったとばかりに「はぁ」とため息を零し、肩を落とす。

英梨花はそんな六花に何か声を掛けようとするものの、オロオロするばかり。翔太も和真《かずま》と顔を見合わせ苦笑する。

翔太はほとほと困った様子の六花を見て、思うところがあった。

六花とは美桜を通じ、中学時代からよく交流してきている。翔太にとっても、女子の中では美桜に次いで仲がいい。ただのクラスメイトでなく、女友達と言い切ってもいいだろう。だからごく自然に友達《六花》の力になってやりたいと思い、声を掛けた。

「なぁ今西、そのバイトって男子でも大丈夫なのか？」

「っ！」

「葛城《かつらぎ》くん⁉　もちろんだよ、もしかして引き受けてくれるの⁉」

「あぁ、俺は今日特に予定もないしな。戦力になるかどうかわからないけど」

「大丈夫、注文聞いて運ぶだけだし、すぐに慣れるよ！」

「…………ぁ」

「そうか。どこまで力になれるかわからないけど、頑張ってみるよ。確か駅前の三諸《みむろ》って店だったよな？」

「うんうん、そ――」

「あ、あのっ！」

「――わっ⁉」「っ、英梨花？」

話が纏《まと》まりかけたその時、ふいに英梨花が声を挟んだ。それも翔太が聞いたことのない、焦りを含んだような大きな声だ。

必然、皆の驚きと好奇の視線を集めることになり、たじろぐ英梨花。

しかし英梨花は胸の前でギュッと握《にぎ》り拳《こぶし》を作り、たどたどしくもはっきりと意思を込めて言葉を紡ぐ。

「わ、私、バイト、やってみたい……です！」

「へ、英梨ちんが……？」

「だ、大丈夫えりちゃん？　接客が主な仕事内容だよ？」

驚く六花。呆気《あっけ》に取られている他の面々。美桜も思わず英梨花の人見知りを心配し、気遣う声を掛けている。

確かに英梨花はバイトを探していたが、翔太も向き不向きというものを考えてしまう。

しかし英梨花はグッと目に力を入れ、真っ直ぐに六花を見据え、頭を下げる。

「ん、わかってる。それでもやりたい、やらせてください……っ！」

真摯《しんし》なまでの懇願。今までの英梨花なら見せなかった姿。

――あぁ、これも成長か。

翔太は目を細め、英梨花の背後に回り、ぐいっと肩を押しながら六花に言う。

「てわけだ、今西。さっきのバイトだけど、俺の代わりに英梨花はどうだ？　まぁちょっと不愛想なところはあるけれど、本人のやる気は十分だ」

「兄さん、一言余計っ」

翔太の言い方がお気に召さなかったのか、ぷくりと拗《す》ねたように頬を膨らませる英梨花。

そんな学校ではほとんど見せない妹然とした英梨花の姿に、周囲の空気も和む。

「英梨ちんなら大歓迎だよ！　美人な看板娘、ゲットだぜ！」

六花が満面の笑みで英梨花の手を取り、おどけた風にそんなことを言えば、皆からも笑い声が上がる。

そんな中、美桜だけが最後まで目を丸くし続けていた。

◇◆◇

放課後、いつも降りる駅の１つ手前から歩くこと少し。

英梨花は交通量の多い県道沿いにある店を訪れていた。

目の前の看板には『三諸』の文字。

ここが六花の家のお好み焼き店で間違いないだろう。

一軒家を改装した、明るくオシャレな門構え。隣には数台が停められる駐車場。

なるほど、人通りも多く入りやすい雰囲気で、人気があるのも頷《うなず》ける。現に今し方、学校帰りと思しき制服姿の３人組が店に吸い込まれていったのを見て、緊張からごくりと喉《のど》を鳴らす。

啖呵《たんか》を切って張り切ってやってきたのはいいが、やはりここに来て足がすくむ。

人見知りで臆病だという自覚はある。

こうした接客業には向いていない性格だということも。

そんな英梨花を心配そうに見送った美桜の顔が瞼《まぶた》の裏にチラつく。

あぁ、美桜の懸念ももっともだ。

だけど一方で、兄は頑張れと言って背中を押し、送りだしてくれたではないか。

それを思い返すと、胸にじわりと温かいものが広がっていく。

兄の期待に応えたい。

なにより、今の受け身で弱気な自分から変わりたい。

胸に手を当て、深呼吸を1つ。キュッと唇を強く結び、店の扉を開けた。

「……あのぅ」

「はい、いらっしゃ——まぁまぁまぁ、あなたが英梨花ちゃんね！　バイトのこと、うちの六花から聞いてるわよ～っ！」

「ほぅ、こりゃすごい。六花から聞いてたよりも、ずっとべっぴんさんだ！」

「え、あ、そのぅ……？」

店に足を踏み入れるなり、明るい声で迎えられた。思わぬ言葉に、ビクリと身体を震わせて固まってしまう英梨花。

すると六花の母と思しき、彼女同様小柄な女性が人懐っこい笑みを浮かべてやってきて、ぺたぺたと身体を触ってくる。

「うちの子がいつも言ってたのよ～、海外の血が流れてる、すっごく美人な子がいるって！　その子が応援で来るって言ってたから、一目でわかっちゃったわ～」

「え、ぁ、はぁ……」

「おいおいかーちゃん、いきなり距離が近過ぎてびっくりしちゃってるぞ」

「あらあら、ごめんなさいね！」

「い、いぇ……」

英梨花が目をぐるぐる回していると、奥から六花の父と思しきガタイの良い男性が姿を現し、おかみを窘める。彼女は口に手を当てオホホと笑う。

これだけのやりとりでなんとなく、この店——職場の雰囲気というものが摑《つか》めた。家庭的で温かそうな店だ。少し安心する英梨花。

それにまごついてばかりもいられない。しかも六花から事前に色々説明を受け、お膳立《ぜんだ》てしてもらっているような状況。

気を取り直した英梨花は、上擦りそうになる声を必死に抑えながら訊《たず》ねた。

「わ、私は何をすれば……」

「注文聞いて運ぶだけ。簡単よ〜。あ、制服汚しちゃったらいけないから、これ着けてね。荷物は奥の休憩室に適当に放り投げておけばいいから」

「は、はぃ」

案内された店奥にある６畳の和室に鞄《かばん》を置き、おかみから手渡された店のロゴが入ったエプロンを着ける。

そして壁に掛けられた鏡に映った自分の長い髪を見て、一房摑む。このままだと飲食物に髪が入りかねないだろう。鞄から髪ゴムを取り出し、後ろで一つに束ねていく。

これで準備万端、店内に戻るなり、早速とばかりにおかみに声を掛けられた。

「丁度よかったわ。この生ビールとレモンサワーを３番さんのところに持ってって！　ほら、窓際のこんな早い時間から呑《の》んでるダメなオヤジどものとこ！」

「おいおい、ダメオヤジはひどいなぁ。否定はできないけど！」

「がはは、大将も何か言ってくれよ！」

「オレからはじゃんじゃん呑んで店に金を落としてくれとしか言えねえよ！」

「それもそうだな！」

そんな軽口が飛び交えば、わははと笑い声が上がる。

この気心知れたやり取りをみるに、どうやら彼らは常連さんらしい。

英梨花は粗相がないようにとたどたどしく、しかし確実に2つのジョッキを運ぶ。

「な、生ビール……」

「こっちこっち。レモンサワーはそっちな……って初めて見る顔だ！　その制服、もしかして六花ちゃんの友達かい？」

「くぅう、こんな可愛い子にお酒持ってきてもらえるだなんて、最高だな。キミ、学校でもモテるだろ？」

「は、はぁ……」

「英梨花ちゃん、そんな奴らにいちいち反応しなくていいから、モノを置いたらさっさと戻ってきな～」

「そりゃないよ、おかみ～」

「セクハラで追い出すよ～っ！」

「っと、それは困る。とりあえず呑むべ〜」

「かんぱ〜い！」

いまいち彼らとノリが合わないものの、しかしなるほど、仕事としてはそこまで難しいものじゃない。

元の場所へと戻ってくれば、おかみも満足そうに頷いている。あれでよかったようだ。ホッと胸を撫《な》で下《お》ろす英梨花。

そして次は伝票とボールペンを渡され、視線で3人組の学生の席に促される。

「今度はあそこの注文取ってきて」

「は、はぃ」

「うちは個人の小さい店だからねー、こんな感じのアナログなのよ〜」

そんな冗談めいた言葉を受けながら、注文を取りに向かう。

彼らの制服は電車でもよく見かける、この辺りの学校のものだ。緊張が走る。

注文を聞くのだから当然、こちらから話しかけなければいけない。

普段は誰かに話しかける時、用事があってもどう話していいかわからず咄嗟《とっさ》に言葉が出てこないが、幸いにしてこれは仕事だ。言うべきことは決まっている。

「ご、ご注文は？」

「っ、オレはぶた玉で」

「同じく、ぶた玉」

「焼きそばで」

「ぶた玉2つに、焼きそば……」

　このやり取りで少々不愛想だったなという自覚がありつつも、それ以上話しているとあがってしまいそうなので、早々に立ち去る英梨花。

　背後から「え、今の外国の人⁉」「めっちゃ美人！」「あの制服って、偏差値高くて有名な……」といった自分に関する言葉が囁《ささや》かれれば、頬も赤くなってしまう。

　しかし、無事に注文を取ることはできた。そこに確かな手応えを感じる。

「うんうん、そんな感じでお願いね。基本はその2つだけでいいから。レジや片づけはこっちでやるし！」

「はいっ！」

　おかみからもそう太鼓判を押してもらえれば、少しばかり自信がつくというもの。

　むんっと胸の前で、両手で握り拳を作り、気合を入れ直す英梨花。

　そんな英梨花を見ておかみはクスリと笑い、そして妖《あや》し気に目を細め、少し脅すかのように言う。

「まぁ簡単だけど、これから混みだすとめちゃくちゃ忙しくなるから、覚悟してね？」

「…………ぇ？」

六花やおかみの言葉に嘘はなかった。

仕事内容は教えられた通り、注文を聞いて料理を運ぶだけの単純作業。

最初、混雑時は忙しいと脅されたものの特に問題なくこなし、同じお好み焼き店でもこれまで英梨花の住んでいた地域ではタネが運ばれてきて自分で焼くのに対し、こっちでは店側で焼いて出すんだなどと、のんびり考える余裕があったほど。

しかし徐々に店の窓から見える景色が暗くなるにつれ、客もどんどん増えていった。

部活帰りと思しき腹ペコ学生組に、小さな子供連れの家族、会社帰りに夕食を求める単身者や、ちょっとした居酒屋代わりに利用する常連客等々。

色んな層のお客がひっきりなしに訪れ、店はどんどん戦場じみていく。

「ぶた玉、海鮮、ねぎ焼き、ゲソの塩焼き、スペシャルできたぞ！」

「注文追加、ミックス２、焼きそば２、いか玉、コーンバターに生中３にオレンジジュース！　飲み物はコーラとハイボールがまだだよ！」

「わ、私は……」

「英梨花ちゃんは海鮮を端っこの席のサラリーマンに！　その後、焼きそばを小学生連れのところに持って行って！」

「は、はいっ！」

決して狭くない店内のあちこちから注文を受け、料理を運ぶ。

作業としては、確かに単純だ。だがこうものべつ幕なしに続けば、てんやわんやになってしまう。

それだけこの店が繁盛しているのだが、確かに六花の言う通り人手が足りていない。

おかみと大将も休む間もなく動き続けている。

英梨花も彼らに負けないようにと意気込むものの、今日が初めてなのだ。客席の番号もろくに把握できておらず、途中からは料理を運ぶことだけに専念することに。

しかしそれだけでも、いっぱいいっぱいだった。

せめて失敗しないよう、慎重に慎重を重ねてしっかりと場所を確認してから運ぶものの、まるで足を引っ張っているかのような感覚。

事実、英梨花へ指示を出す度におかみの手を止めているので、そうなのかもしれない。

働くことの大変さを噛《か》みしめる英梨花。額の汗を拭《ぬぐ》う。

「わー、英梨ちんありがと！　ここからは私も参戦するから！」

客足がピークになろうかという頃、補講を終えた六花が帰ってきた。

六花はすぐさま鞄と上着を休憩室に放り投げ、戦列に参加する。

おそらく、小さい頃から手伝いをしてきたのだろう。

小柄な六花はお客でひしめく店内を縦横無尽に駆け回り、運ぶだけの英梨花と違って注

三諸

文も、片付けも、会計も、席への案内も、それから隙を見て飲み物を作るだけでなく、お好み焼きのタネを仕込んだりと、おかみと遜色《そんしょく》ないレベルで八面六臂《はちめんろっぴ》の大活躍。

そのすごさには英梨花も舌を巻くばかり。同じ職場に立っているから、ことさらに。

普段の教室での勉強嫌いで騒がしいお調子者な姿とは、まるで別人。英梨花の数倍もの仕事量をこなす様は、しっかりと地に足をつけた社会の一員さながら。

翻って英梨花はといえば、多少勉強ができて目立つ容姿をしているだけ。

六花と比べれば愛想も社会性もなくロクに仕事もできず、足元にも及ばない。

――せめてできることだけでも精一杯やらなければ。

そう気を張り詰めすぎたのがいけなかったのだろう。

もしくは自分で思っている以上に疲労を蓄積させていたことに、気付かなかったか。

「英梨ちん、この生中2つとグレープフルーツサワー、あそこに持ってってくれる⁉」

「ん、まかせ――ぁ」

六花から3つのジョッキを渡された時のことだった。

手にうまく力が入らずその場に落としてしまい、ガシャンと大きな音を響かせる。

当然ジョッキは割れて中身が飛び散り、周囲からも一体何事だという視線を向けられる。

客に被害がなかったのが幸いか。

だがこれは、明らかに英梨花の大失敗だった。

どうしよう？

ただでさえあまり役に立っていないというのに、足を引っ張って迷惑をかけている。

そのことを思えば鼻の奥がツンとなり、目頭も熱くなってしまう。

英梨花が呆然自失《ぼうぜんじしつ》で泣きそうになっていると、いきなりバンッと背中を叩《たた》かれた。

「どんまい、英梨ちん！　片付けは私がやるから、ちょっと離れてて！　皆さん、お騒がせしましたーっ！」

「もぅっ、細腕の女の子にジョッキ3つは持たせすぎよ～、六花じゃないんだし！」

「お母さん、どういうことよ～⁉」

「あ、あの私、壊し、弁償……っ」

「あっはっは、そんなこと気にしなくていいって！　それを言やぁ、六花だって散々食器を割ってきたしな！」

「お父さんも！」

重大な過ちをおかしてしまったと思っている英梨花とは裏腹に、やけに軽い調子の今西家の人たち。英梨花が面食らっているうちに、手際よく片付けられ、すぐ元通りに。

そして六花は唖然《あぜん》としている英梨花の前に来て、ニッと人懐っこい笑みを浮かべ、ぐにっと両ほっぺを引っ張った。

「ほら～、そんな顔しないで。失敗なんて誰だってするもんだしさ。私としては普段凛《りん》としてる英梨ちんが失敗するところを見られてラッキー、っていうか」

「でも私、全然ダメダメで、何の役にも……」

「そんなことないよ〜。今日はうちの両親ってば英梨ちんに良いところを見せようとしていつもより張り切っちゃってるし、常連さんも鼻の下を伸ばして飲み物を多く頼んでくれてるしさ！　もちろん、私もいいところ見せようとしているしね！」

「そう、なの……？」

英梨花がちらりとおかみや大将の方へ視線を向ければ、2人は少し照れくさそうに鼻の下を擦り、目を逸らす。どうやら的外れではないらしい。

すると六花は口に手を当ててくすくすと笑いながら言う。

「そんな顔をしていると、過保護な葛城くんが心配しちゃうよ？　ほらせっかくの美人さんなんだし、笑って笑って！」

「むぅ、それは困る」

「あとこういうのって、効率を突き詰めるとゲームっぽくならない？　ほら、美桜っちから英梨ちんゲームが好きって聞いてるよ。ゲーム同様少しくらい失敗してもいいから、どうせなら楽しんでやってみて」

「……なるほど、ゲーム」

「それじゃ残りあと少しだし、頑張ろうぜ！」

そう言って仕事に戻っていく六花の背中を見ながら、思いを巡らす。

これまで頭を固くして〝仕事〟をせねばと思っていたがなるほど、見方を変えれば六花の言う通りパズルやリズムのゲームに近いかもしれない。

すると現金なもので仕事に対する意識が変わる。

ゲームは得意分野だ。ゲームと思って考えると、たちまち脳裏に仕事の捌《さば》き方の道筋が浮かび上がる。頬が緩むと共に、肩の力も抜けていく。

あぁ、これならなんとかなるかもしれない。

しかし他にも問題があった。

英梨花は自分が不愛想なのを、よくわかっている。

こればかりはゲームもお手本になりそうになく、どうしていいかわからない。

むむむと眉間《みけん》に皺《しわ》を寄せ唸《うな》るも一瞬。

脳裏を一人の女の子の顔が過《よぎ》る。

昔からこうしたものだけじゃなく、何につけても楽しそうにこなす女の子だ。

「……みーちゃん」

美桜ならば手本としても最適だろう。

そして意識してしまえば、彼女のように明るくなって、翔太の隣に堂々と立ちたいと強く思う。

するると丁度その時、ガラリと入り口が開き、新規のお客が入ってくる。

英梨花はごくりと喉《のど》を鳴らし忙しそうにしている六花たちの代わりに、自分の理想とする女の子を思い浮かべながら、とびきりの笑顔を咲かせて出迎えた。

「いらっしゃいませ～♪」

◇◆◇

いつもならとっくに夕食を終えている20時過ぎ。

翔太は美桜と共にリビングのソファーに背を預けながら、ぼんやりとテレビを眺めていた。

特に画面に流れている、地域の激安グルメ特集番組を見ているわけじゃない。

考えているのはやはり、英梨花について。

英梨花なら大丈夫、変わろうとしているのなら応援しよう……そう思ってバイトに送り出したけれど、やはり気になってしまうもの。

これがもし郡山モールのバックヤードでの商品の仕分けや梱包《こんぽう》、シール貼りといった裏方や清掃作業みたいに、人とあまり接することのない軽作業なら、特に心配しなかっただろう。

だけど英梨花がしているのは、あまり得意といえない接客業なのだ。緊張から口籠もったり、その辺で躓《つまず》いたり、料理を落としたりする姿が容易に想像できてしまう。

するとその時、隣の美桜からくぅ、という腹の音が聞こえてきた。

「あ～、グルメ番組見てるとお腹が空いちゃうね」

美桜は少し気恥ずかしそうに頰を染めながら、テレビの方を見たまま呟《つぶや》く。

「そうだな、俺もかなり減った。別の番組に変えるか？　見てるってわけじゃないし」

「いや、このままでいいよ。てかしょーちゃんもお腹空いてるなら先に食べていいよ？」

「ここまできたら、英梨花の帰りを待つよ。１人じゃ味気ないだろ？」

「……それもそうだね。えりちゃん大丈夫かな？」

「気持ちはわかる。けど、ここで俺たちが心配してもどうにもならないだろ？」

「う～、そうだけどさ。とりあえず、帰りの夜道がアレなら駅まで迎えに行くってメッセージ送っとこ」

互いに苦笑を零した後、美桜はスマホを手繰り寄せ、そわそわしながら英梨花へのメッセージを打ち込みだす。

美桜もまた、英梨花が心配のようだった。

昔はよく背中を追ってきていた英梨花は、美桜にとっても妹みたいな存在なのだろう。

しきりに「怪我してないかな？」「お客にナンパされたり、目をつけられてたらどうしよう⁉」などと呟いている。

美桜の過剰な心配を目にすれば、逆に冷静になってくるというもの。

するとその時、ガチャリと扉が開く音がした。

翔太と美桜は顔を見合わせ、すぐさま立ち上がり、玄関へと向かう。

「えりちゃん、おかえりっ！」

「おつかれさま、英梨花」

「みーちゃん、兄さんっ」

「わっ！」「っと！」

英梨花は2人の顔を見るなり、脱ぎかけのローファーを蹴飛《けと》ばすようにして、ギュッと抱き着いてくる。

突然のことで驚く翔太と美桜だが、「ん～」と唸りながらおでこを肩に擦りつければ、先日同様甘えてきているとわかるというもの。

きっとバイトが大変だったのだろう。

やがて英梨花はとつとつとバイトでの出来事を、硬い声色で話し出す。

「私、いっぱい失敗しちゃった。注文は聞き間違えるし、全然違うところに料理を運んじゃうし、挙句にはジョッキを落として割っちゃったりするし……」

「それは……」

「英梨花……」

どうやら懸念した通りのことをしでかしたようだった。

翔太は眉間に皺《しわ》を寄せつつ慰めるように頭を撫《な》で、美桜も同じような表情であやすようにトントンと背中を叩く。

英梨花は「んっ」と喉を鳴らし、さらに強く抱き着いてきて痛切に呟いた。

「働くって、お金を稼ぐって大変だね。今日つくづく思い知ったよ。私はちょっと勉強ができるだけで、他は何にもできないって」

「そんなこと……」

「あるよ。今西さんは大人と同じように、私の何倍も多く働いてさ、ほんとすごかった。それに比べて今日の私は足手まといもいいとこだった」

「えりちゃん……」

初めてだから仕方がない、という言葉が喉から出そうになるも、すぐさま呑《の》み込む翔太。そんな慰めの言葉が欲しくて言っているわけではないに違いない。聡《さと》い英梨花のこと、初めての労働でその大変さを知り、今の自分のふがいなさを痛感しているのだろう。

とはいえ、自分と向き合っている妹に果たしてどんな応援の言葉を掛ければいいのかわからなくて。美桜と困った顔を見合わせる。

しかし英梨花はバッと顔を上げたかと思うと、見たことのないキラキラとした笑顔を咲かせて言った。

「でも、それを含めて楽しかった！」

「え、楽しい……？」

思わず困惑の声を上げる美桜。

翔太も予想外の言葉に目をぱちくりさせながら、聞き間違いじゃないことを確認するかのように訊《たず》ねる。

「バイト、楽しかったのか……？」

「うん！　最後の方は色々吹っ切れちゃって、もう自分が何もできないのが逆におかしくなっちゃって！　それに初めてのことがいっぱいで新鮮でさ、だからこれからもバイトさせて欲しいってお願いしてきちゃった！」

「そう、か」

てへりとピンクの舌先を見せる英梨花。散々な目にあったにもかかわらず、へこたれずに明るく言い放つ。

そして英梨花は2人から身体を離し、ぐぐ～っと大きく伸びをして、リビングに向かう。

「みーちゃん成分と兄さん成分を補給したらお腹空いてきちゃった。いい匂いがする。今日はカレー？」

「っ、うん、カレー。温めなおすね。あ、生卵いる？」

言う。

「うん、いる」

そう英梨花に訊ねた美桜はパタパタと台所へ移動し、鍋《なべ》を火にかける。

そして英梨花はテーブルの上にある手つかずのサラダを見て、申し訳なさそうに翔太に言う。

「私を待っていてくれたんだ？」
「まぁな。今西もそれほど遅くならないって言ってたし」
「これからはバイトで遅くなる時は先に食べちゃっててよ。待たせるのも悪いしさ」
「……そうだな。じゃあそういう取り決めにしようか」
「うん。とりあえず今日はバイトのことで話したいことがいっぱいあるんだ〜」

にこにこしてそんなことを言う英梨花。

どうやら初めてのバイトは妹にとって、色々と変わるいい転機になったようで、翔太も顔を綻ばすのだった。

◇◆◇

美桜にとって英梨花は、今でこそ背も自分より高くて見違えるほど綺麗《きれい》になったけれど、依然としてかつて後ろをちょこちょこ付いてきた気弱で怖がり、そして寂しがり屋の女の子のままだった。再会してからも家では時々不器用に甘えてくる姿を見せていたから、なおさらに。

もちろん、あの頃とは違う。

努力家で負けず嫌いなところもあり、そして随分と女の子になったこともわかっている。

それでも色々変わったようでいて根っこの部分は同じで、英梨花は自分が守るべき妹分だと思っていた。いや、思い込んでいた。

だから六花の店の手伝いを申し出た時は、ひどく驚いた。

人見知りが激しい英梨花には似合わないとまで思ったもの。

再会してすぐにバイトを探していたが、あの時は郵便の仕分けやチラシのポスティング、博物館の事務や受付など、あまり人と関わらない英梨花らしいものを想定していた。

ちゃんと仕事ができているだろうか？

変な客に絡まれて泣いてないだろうか？

そんな心配をし、事実帰宅した英梨花がすぐさま抱き着きいっぱい失敗したと弱音を吐けば、昔のように姉として慰め元気付けてあげなければと思うのも当然のこと。

――楽しかった！　バイトを続けたい！

だから満面の笑みでそんなことを言う英梨花を、どうすべきかわからなかった。

今だってそうだ。

翌日の昼休みの教室。

目の前では英梨花が、少し真剣な様子で六花に話しかけている。

「――が、８００円、そばめしが６５０円、おにぎりが２５０円。合ってる？」

「合ってる、っていうか英梨ちん、メニューと値段もう覚えたの⁉」

驚きの声を上げる六花。すると他のクラスメイトも、何事かとやってくる。

「なになに、今西さんに葛城さん、どうしたの？」

「昨日、英梨ちんにバイト手伝ってもらったんだけどさ、もうメニューと料金暗記しちゃってて！　私もまだサイドメニューとかあやふやなのに！」

「え、なにそれすごくない⁉」

「コツがある。歴史の年表覚えるより、よっぽど簡単」

「その暗記のコツ、教えて欲しいんですけど⁉」

「基本はゴロ合わせ。例えば――」

「それって――」

英梨花は積極的に自分からバイトのことを話し、盛り上がっていく。

まだまだ言葉足らずなところはあるけれど、そこは六花が補ってくれる。それでも確かに皆の輪の中心は英梨花だった。つい先日まで話しかけられてもろくに受け答えができなかった、あの英梨花だ。

本来なら喜ぶべきことだろう。しかし、そのあまりにも急な変化に戸惑ってしまうというもの。今まですぐ傍にいた妹分が、この手から離れてどこか遠くへ行ってしまうかのような感覚。

翔太はと思ってそちらを見てみれば、目を細めて英梨花たちを見守っている。

美桜同様、戸惑っていると思っていただけに、その反応は意外だった。

どうしてか胸がキュッと締め付けられ、そのはずみで言葉が零れる。

「ね、しょーちゃん。変われば変わるもんだね～、あのえりちゃんがさ」

「俺も正直びっくりしてるよ。けど、いい変化じゃないか。それに人が変わる時ってのは突然だしな」

「……そうかな？」

「そうだよ。美桜のそれだってそうだったじゃないか」

「うっ、それはそうかもだけど～……でもちょっと違うというか……」

翔太に毛先を指で突《つつ》かれ、イメチェンして驚かせたことを示唆される。

言葉に詰まる美桜。

それとこれとは違うと言いたいのだが、上手く説明する言葉が出てきてくれない。

美桜が眉間《みけん》に皺を刻んでいると、翔太は苦笑しつつ、しかし寂しげに呟く。

「俺も少しは妹離れした方がいいのかもな」

「……ぁ」

妹離れ。

その言葉は胸にストンと落ちた。

しかしどうしてか心には馴染《なじ》んでくれず、強い抵抗感さえあって、更に表情を険しくさせていく。

するとその時、教室にやけに明るい英梨花の声が響いた。

「いらっしゃいませ～♪」

普段教室にいる英梨花からは想像もつかない愛想のいい笑顔と声が、教室の皆から言葉を奪う。六花たちはポカンと口をあけ目をぱちくりとさせ、美桜も思わず英梨花をまじまじと見つめてしまう。

数拍の沈黙の後、周囲からはドッと歓声が上がった。

「そう、これこれ！　いつもの英梨ちんからは考えられないでしょ～!?」

「マジびっくり、ってか一瞬誰だ!?　って思ったし！」

「でもめっちゃよくね？　葛城さん、普段からもあんな感じにすればいいのに」

「無理、というか今もう既に恥ずかしいし……」

そう言って恥じらいながら頬を染めて縮こまる英梨花は、いつもの凛《りん》と澄ました姿とのギャップも相まって、非常に可愛らしい。

教室の男子はあちこちでだらしない顔を晒《さら》し、六花たちは「「「きゃーっ！」」」と黄色い声を上げて英梨花に抱き着き、揉《も》みくちゃにしている。

その様子は正に友達同士の戯れ。英梨花自身も、満更ではなさそうだ。

だというのに、どうしてか寂しいと感じてしまう美桜。

ふいにその時、英梨花と目が合った。

英梨花は気恥ずかしそうにはにかみ、美桜は騒ぐ胸を押さえながら、曖昧《あいまい》な笑みを浮かべて小さく手を振った。


「今日もバイト行くから」

「てわけで英梨ちん借りていくね！」

放課後になると、英梨花は六花と一緒に一足早く教室を後にした。

その後ろ姿をどこか遠い出来事のように見送っていると、翔太が話しかけてくる。

「俺たちも帰るか」

「……うん」

翔太と共に帰路に就くも、頭の中は英梨花のことでぐるぐると複雑なものが渦巻いている。自分でもその正体が今一つ摑《つか》めない。

それが顔に出てしまっていたのだろう。

翔太が気遣わしげに訊ねてくる。

「美桜、険しい顔してどうしたんだ？」

「っ、あーいや、夕飯どうしようかなーって。えりちゃんは別でいいって言ってたけどさ」

「今日も遅くなりそうなんだっけ？　先に食べてて言ってたな」

「これまでずっと３人一緒に食べてたからさ、なんかちょっと変な感じ」

「俺も。今まで家族別々に食べることなんて、よくあったのにな」

「……うん」

翔太の言う通りだった。

母と２人だった葛城家は、夕食の時間が合わないことが多かった。

五條《ごじょう》家もまた、父の帰宅は不規則で兄も遅くなることが多く、似たようなもの。

そもそも、家族でも夕食の時間がズレるのはよくあること。

美桜は騒めく胸に手を当て苦笑い。

その時、美桜のスマホがメッセージの通知を告げた。

すぐさま取り出し、差出人の名前を見て、思わず足を止めてしまう。そして内容を確認すれば、思わず「うげ」と声を上げる。

しげしげと何度もスマホを見つめる美桜。

「どうした、美桜？」

そんなあからさまな反応を見れば、翔太も怪訝《けげん》な表情で顔を覗《のぞ》き込んでくる。

別に隠すことじゃない。翔太にも関係のあることだ。

一瞬の逡巡《しゅんじゅん》の後、美桜は奥歯に物が挟まったような言い方で翔太に答えた。

「……ゴールデンウィーク、兄貴がこっち来るから泊めて、だってさ」

「……へ？」

第4話　美桜の兄

　5月になった。

　ゴールデンウィーク初日の空はからりと晴れ渡り、雲一つない晴天。

　街のあちこちで気の早い木々が新緑で夏の始まりを謳《うた》い、昼間ともなれば半袖《はんそで》のシャツ1枚でも十分なくらいの陽気。

　そんな5月なのに暑いくらいの日、いつも通学に使う駅は遊びに繰り出そうとする多くの人を呑《の》み込んでいる。

　改札の奥から流れに逆らうようにやってくる見知った顔を見つけた翔太《しょうた》は、大きく手を振った。

「てっちゃん！　って、案外荷物少ないんだな」

「兄貴ー、ここだよ、ここー！」

「お、元気にしてたか翔太。合宿の時もこんなもんだっただろ？　それから、誰だお——って、痛っ!?　蹴《け》るな美桜《みお》！」

「ふんっ！」

気心知れた挨拶《あいさつ》を交わし、美桜を揶揄《からか》い脛《すね》を蹴られているのは五條虎哲《ごじょうこてつ》。短く刈り上げた黒髪に、鍛え上げられてスラリと引き締まった身体、どこか美桜の面影がある整った顔立ちで人懐っこい笑みを浮かべている。

虎哲は今年遠方の大学に入学し、一人暮らしを始めた美桜の兄だ。

美桜と同じく小学校に上がる前から交流し、可愛がってもらっている。何かある時は相談したり、助けてもらったり、翔太にとっても兄貴分といえる存在だろう。

その虎哲は美桜に蹴られた脛を大げさに擦りながら訊《たず》ねてくる。

「ところでそっちの方、変わりはないか？　オレもこの春から一人暮らしをしてるけど、それが思ったより大変でさ。まぁそっちは今までとあまり変わらないだろうし大丈夫だと思うけど、やっぱ気になってな」

顔を見合わせる翔太と美桜。虎哲は軽い感じで言っているものの、その目は真剣だった。やはり高校生のみでの生活を心配しているのだろう。

翔太は頬を緩ませながら答える。

「何とかうまくやれてるよ。メシは美桜が何とかしてくれてるし、家事も皆で分担すればさほど負担じゃないし。な、英梨花《えりか》」

「っ、あのその、お久しぶりです、虎哲、さん……」

「へ？　………その髪の色、もしかして英梨花ちゃん⁉」

「は、はい」

翔太に促され、一歩前へ出てはにかみながら挨拶する英梨花。

英梨花にとっても虎哲は美桜と同じく昔からの顔見知りの、もう1人の兄のような存在なのだろう。気恥ずかしさはあるものの、他の人ほどには人見知りはしないようだった。

もしかしたら、バイトを機に成長したのかもしれない。

虎哲はといえば英梨花を指差し、あんぐりと口を開け、目をぱちくりとさせている。

すると美桜は驚いた様子の虎哲を見てにんまりとした意地の悪そうな笑みを浮かべ、揶揄うように言う。

「えりちゃん、見違えるほど綺麗《きれい》になったでしょ？　兄貴、鼻の下が伸びてるよー」

「バッ、これはその、純粋に驚いたからというか……ほら、お前らの中で一番小さかったのに美桜より大きくなってるし。それにこれだけ可愛い子に『虎哲さん』だなんて言われたら、デレる方が礼儀だろ！」

「ふぅん？　じゃ、このこと真帆《まほ》先輩に言いつけちゃお～っと」

「っ⁉　こ、ここで真帆は関係ないだろ、真帆は！」

「え～、じゃあ別に言ってもいいよね～？」

「～～～～っ、いいけどよくねーの！」

真帆という名前を出され、顔を真っ赤にして口角泡を飛ばす虎哲。

その様子を見ていた英梨花は小首を傾げながら、翔太に訊ねる。

「兄さん、真帆先輩って？」

「あぁ、てっちゃんの同級生で、てっちゃんが猛勉強して同じ大学にまで追いかけるほどに好きな人。生真面目そうで楚々《そそ》とした、お茶目な性格の人だよ」

「へぇ〜、会ってみたいかも」

「おい、翔太！　英梨花ちゃん、真帆はそういうんじゃないからな⁉　ただ中学からずっと腐れ縁なだけだって！」

翔太も美桜同様に悪戯《いたずら》っぽく説明すれば、裏切られたとばかりにショックを受ける虎哲。

その顔を見た英梨花がくすりと笑えば、虎哲はますます顔を赤くする。

「ふぅん、あたしてっきり今回いきなりこっちに戻ってきたのも、真帆先輩が帰省するからそれを追いかけてきたとばかり」

「虎哲さんってば、情熱的」

「んなわけないだろ、美桜！　だーかーらー英梨花ちゃんも違うんだって！　ほらその、昇段試験が近いから、通い慣れた道場で鍛え直そうと思ってさ！」

虎哲は涙目になって必死に否定するも、誰も信じやしない。

いつもの駅の改札前に、明るい笑い声が響く。

肩を落としため息を吐く虎哲に、美桜が明るい笑顔で背中を叩《たた》き、促した。

「とりあえず、うちに荷物置きに行こ？」

虎哲にとっても久しぶりだが見慣れた道を歩くことしばし。

翔太と共に葛城《かつらぎ》家へ入った虎哲は、玄関でキョロキョロと周囲を見渡し、感心した声を上げた。

「へぇ、綺麗にしてんだな」

「これくらい普通だって。まぁ、1週間経たず1人暮らしの部屋をひっくり返してそうな兄貴にとっては、驚きかもしれないけど？」

「むっ」

そんな風に美桜が自分の兄を当てこするように言えば、虎哲もムッと眉《まゆ》を寄せて睨《にら》みつける。しかし、どこ吹く風といった美桜。虎哲がぐぬぬと唸《うな》って言い返せないところをみると、あながち的外れでもないのだろう。

すると虎哲はふいに何かに気付いたとばかりに「あ！」と声を上げ、にんまりとした意地の悪そうな笑みを浮かべて翔太に訊ねた。

「なぁ、オレの泊まる部屋って1階の和室の客間か？」

「そうだよ。他にないし」

「ってことは……こっちが美桜の部屋か！」

「ちょっ、兄貴⁉」

虎哲は言うや否や俊敏に靴を脱いで、以前は納戸代わりに使っていた部屋の引き戸を開け放つ。

たちまち露わになる美桜の部屋。

床に散らばる脱ぎ散らかした衣服に雑誌、翔太の部屋から拝借したと思しき漫画に、飲みかけのペットボトル。

机の上にはコスメ類と教科書やノートが雑多に積み上げられており、お世辞にも綺麗な部屋とは言えなかった。

制服だけは壁に掛けてあるのが、せめてもの救いだろうか。

先日覗いた時よりも悪化している惨状に、思わず眉を顰《ひそ》めてしまう翔太。もし北村《きたむら》がこの部屋を見ようものなら、百年の恋も冷めてしまうことだろう。

虎哲は部屋の隅にある、まだ開封されていない段ボールを見つけてため息を1つ。ジト目を美桜に向け、呆《あき》れた声色で言う。

「美桜、5月になってもまだ荷解きしてないものがあるって、さすがに相当やばいだろ」

「うっさい！　ってゆーか勝手に乙女の部屋を開けるな、バカ兄貴！」

「乙女の部屋？　そういうのは乙女の部屋の主が言ってくれよ。なぁ、翔太……って、痛

「たたたた、脇腹抓《つね》るな！」

「〜〜〜〜っ！」

涙目の美桜から抗議を受ける虎哲に同意を求められるも、なんて反応していいかわからない翔太。

英梨花と困った顔を見合わせ——そしてふいに妹の部屋のことを思い巡らす。

何度か訪れたことがあるが、いつもすっきり片付いており、少しばかり殺風景ながらもふわりと漂う甘い女の子の香り。あれこそ、まさに乙女の部屋。

そのことを思うとふいに心臓がドキリと跳ね、まるで不貞を働いているかのように感じてしまい、慌てて視線を美桜の部屋へと戻し、思ったままのことを口にする。

「まぁ、美桜らしい部屋だなって思う」

「くすっ、そうかも。みーちゃんらしい」

「しょーちゃん⁉　えりちゃんまで⁉」

まるで裏切られたと言いたげに目を見開く美桜。

虎哲は意地悪そうに追撃する。

「普段から片付けときゃいいだけなのにな」

「兄貴うっさい！」

ふくれっ面でぺしぺしと肩を叩いてくる美桜を、涼しい顔で受け流す虎哲。

　そんな微笑ましい兄妹のじゃれあいを見た英梨花は、つくづくといった様子で、少し羨《せん》望《ぼう》交じりの声色で呟《つぶや》く。

「みーちゃんと虎哲さん、仲いいね」

「うん？　まぁ、昔からこんな感じだよ」

「……そう、だったかな」

　美桜と虎哲は仲がいい、と意識したことはなかった。

　しかし改めてこうして見ていると、微笑ましいものだ。

　確かに目の前の美桜は、翔太や英梨花、そして学校の皆の前で見せている顔のどれとも違うかもしれない。

　英梨花は何か含んでいるような表情をしていた。

　しかし翔太にはそれが何かわからない。

　やがて五條兄妹は一通りじゃれ終わったようだった。

　頰を膨らませ不貞腐れる美桜を横目に、虎哲はふいに悪戯っぽい笑みを浮かべて言う。

「そういやさ、面白そうなお菓子をお土産に買ってきたんだ。食おうぜ」

「え、面白いお菓子!?　あたし、お茶の用意してくる！」

「美桜……」「みーちゃん……」

　そしてお菓子の一言でたちまち機嫌を直した美桜は、パタパタと台所へと向かう。

残された３人は現金な美桜の後ろ姿を眺め、苦笑を零した。

お茶の準備が整ったリビングのローテーブルを皆で囲む。

虎哲が買ってきたお土産を前に、それぞれが驚きや疑問の声を上げた。

「え、兄貴、これがお菓子？」

「どう見てもこれって……」

「……でもこれ匂いが」

目の前にあるのは、どう見てもたこ焼きにしか見えない。ご丁寧にも舟形の容器に入れつまようじが刺さっている。

おやつならともかく、お菓子といわれれば怪訝《けげん》な顔になろうというもの。

虎哲は３人の反応に満足そうに頷《うなず》き、皆に勧める。

「ははっ、驚くのも無理はない。いいからまずは食べてくれよ」

「じゃ、あたしから……って、甘っ！　うまっ！」

「ん……これシュークリームか！」

「っ！　かつおぶしがチョコレートで、青のりが抹茶……！」

見た目とは違う中身に驚く面々。それを見て、してやったりとほくそ笑む虎哲。

イロモノなお菓子ではあるものの味も中々、ついつい手が何度も伸びる。

美桜は少しばかり悔しそうな顔をしながらも、ぱくぱくと食べて言う。

「おいしいけどこれ、何か頭の中がバグるねー」

「あぁ、今何食べてんだってなっちまう」

「ははっ、でも面白いだろう？　コロッケそっくりのレアチーズケーキもあって、どっちにしようかと迷ったんだよなぁ」

「む、そっちも気になるかも……」

「兄貴って、昔からこういう変なの見つけてくるの得意だよねー」

「美桜も同じようなところあるだろ」

「ん、兄さんに同意」

「えー？」

虎哲の買ってきた物珍しいお土産のおかげで会話も弾む。

かつてのような和気藹々《わきあいあい》としたやり取り。

しかしそんな中、翔太は虎哲の少しそわそわと落ち着かない様子に気付く。

この空気の中、やけに浮いて見えた翔太は、思わず訝《いぶか》し気な声を上げる。

「……てっちゃん？」

「っ」

ふいに声を掛けられた虎哲は目を瞬かせた後、少し照れ臭そうに頭を掻《か》きながら、理由を話す。

「あーいやさ、やっぱちょっと英梨花ちゃんに慣れなくて」

「慣れない？」

「ほら、話してると確かに昔と同じ感覚なんだけど、見た目が記憶と全然違うからさ。全然知らない女の子のように思えちゃって」

「このシュークリームのように？」

「そうそう。翔太も英梨花ちゃんがこれだけ美少女に変わっちゃってさ、ふとしたことでドキリとかしたことあるんじゃねーの？」

「っ、それは……」

内心ドキリとしてしまい、なんとも返答に困る翔太。先日のキスの件もあって、妹である一方で異性でもあると強く意識させられてしまっている。

だけど、そんなことをバカ正直に言えるはずもなくて。

ちらりと横を見てみれば、いつもと変わらない様子でシュークリームを頬張る英梨花。

翔太は眉間《みけん》に皺《しわ》を寄せつつ小さく頭《かぶり》を振り、そして視線で美桜を促しながら訊《たず》ねる。

「それを言ったらもう1人大化けしたのがいるけどさ……てっちゃん、美桜にドキッてできる？」

「むっ、それもそうか……美桜の場合、今見てもコスプレとか仮装している感があって、なんか笑いの方が先に来るし」

「誰がコスプレや仮装なのさ！　まぁあたし自身、否定できないけど！」

美桜がそう言うと、オチがついたとばかりに笑い声が上がる。

どうやら虎哲は翔太の言い分に納得したようだ。

すると虎哲は、今度は英梨花に水を向けた。

「ところで、英梨花ちゃんはどうだったんだろう？」

「……私？」

「何年かぶりにこっちへ戻ってきて、翔太や美桜だけじゃなく、街とかも変わっただろうしさ。色々戸惑ったり驚いたこともあったんじゃない？」

「んー……」

虎哲の言葉を受け、顎《あご》に手を当て考え込む英梨花。

しばしの逡巡《しゅんじゅん》の後、翔太を見てはにかみながら口を開く。

「見た目が変わったのには驚いたかも。けど一緒に暮らすと兄さんはやっぱり昔と同じ兄さんのままで、色々と気に掛けたり守ってくれたりして、嬉《うれ》しかった」

「お、おう……」

「そうそう、しょーちゃんってばえりちゃんのこととなるとちょっとばかり過保護なとこがあってさ、学校じゃすっかりシスコン扱いされてるよ」

「あー、確かに翔太は昔から、英梨花ちゃんに対してべた甘なとこあったからなぁ」

「おい美桜、てっちゃんまで」

「ふふっ」

英梨花からの親愛の籠《こ》もった言葉、美桜と虎哲の揶揄《からか》いで顔を赤くする翔太。多少自覚もあり、言い返すこともできやしない。

翔太がひとしきり弄られた後、英梨花はスッと目を細め、今度は美桜へと視線を移し、気恥ずかしそうに胸の内を明かす。

「そういう意味で一番びっくりしたのは、昔はガキ大将じみてたみーちゃんかも」

「あ、あはは。見事に高校デビューしたしねー」

「ううん、そこじゃないよ。いつもご飯作ってくれるし、家事も気がついたらなんでもやっちゃうし、それに学校でも色々気配り上手。女の子らしい女の子になっちゃってて、私も見習わないと、って思っちゃった」

「へ？」

そう言って英梨花はむんっと、気合を入れるように胸の前で両手で握《にぎ》り拳《こぶし》を作る。

女の子らしい。予期せぬ言葉に素《す》っ頓狂《とんきょう》な声を上げる美桜。顔を見合わせ目をぱちくりとさせる翔太と虎哲。

思えば美桜の料理や家事は母の死を切っ掛けに、練習を始めたものだ。

今でこそ美桜といえば料理が得意で家事万能というイメージだが、その過程を見ていたからこそ、それを受け入れている。しかしなるほど、英梨花の目から見ればそうなのかもしれない。

改めて英梨花との空白の時間があったことを認識する翔太。

少し、しんとした空気が流れる。

いつの間にか目の前のたこ焼き風シュークリームは全てなくなっていた。

それを見て虎哲が、ふと立ち上がる。

「さて、オレはちょっくら道場のほうに顔を出してくるよ」

時刻は昼をだいぶ過ぎている。

今から練習なりしようとするなら、中途半端な時間だ。

「兄貴、夕飯は？」

「ちょっと話をするだけだし、それほど遅くはならないかな。もし要らないようなら連絡するわ」

そう言って虎哲はスマホと財布だけを持ち、身軽な格好で葛城家を出て行く。

美桜はその後ろ姿を見ながら「どうせなら道場じゃなくて、真帆先輩と遊ぶ約束でも取り付けにいきゃいいのに」と独り言ち、お茶を片付け始める。これには翔太も苦笑い。

「むぅ、美味《おい》しかったとはいえ、全部食べちゃったね。夕飯食べられるかな……っていうか何にしよ？　しょーちゃん、リクエストある？」

「うーん、食べたばっかかだから何も思い浮かばないや。スーパーの特売や値引き品で決めるか？」

「そうしよっ――」

「あ、あのっ！」

「うん？」「英梨花？」

少しばかり気の早い夕飯の話をしていると、ふいに英梨花が遮る。

翔太と美桜に視線を向けられた英梨花は、一瞬の躊躇《ためら》いの後、意を決した様子で口を開く。

「今日の夕飯、私が作ってもいい……？」

「っ！」

英梨花のその申し出に美桜はただ目を丸くし、数拍の見つめ合いの後、ただこくりと頷いた。

英梨花が夕食を作ると言い出したのは、翔太にとっても意外だった。

そもそも一緒に暮らしていて、今まで料理に取り組む素振りもなく、いきなりのことだ。訝《いぶか》しく思うのは当然だろう。

しかしお好み焼きを作りたいと聞いて、色々と合点がいく。どうやらバイト先でお好み焼きを作るための、練習も兼ねているらしい。

それにお好み焼き用の粉を使えばさほど難しくなく、初心者にとっても比較的容易なものといえるだろう。

美桜からのアドバイスも、大飯喰らいが2人に増えたからレシピの倍くらいの分量が丁度いい、くらいのもの。

買い物こそ付き合ったけれど、後は英梨花に任せることにした。

材料は粉の他に豚バラと卵、キャベツ、揚げ玉に紅ショウガ。

主に包丁を使うのはキャベツの千切りくらいだが、中々の量があって手間がかかる。

あまり包丁を使い慣れていない英梨花は、かなり慎重にゆっくりと刻んでいく。

その間、美桜はずっとリビングからハラハラとその様子を見守っていた。

翔太もなんだかんだソファーでスマホを弄りつつちらほらと見ていたが、時間はかなりかかったものの特に問題もなく切り終え、タネが完成する。

その頃にもなればすっかり陽は落ちており、英梨花がダイニングテーブルに置いたホットプレートで焼き始めてしばらくした頃、虎哲が帰宅した。

「ただいまーっと。お、いい匂い。お好み焼きか……って、英梨花ちゃんが作ってんの⁉」

リビングに顔を出した虎哲はお好み焼きを焼いている英梨花を見て驚きの声を上げ、どういうことかと美桜へと視線を向ける。

「今日の夕飯はえりちゃんが作ることになったの。バイトでの練習を兼ねてね」

「てっちゃん、東の県道沿いに三諸ってお好み焼き店あるだろ。英梨花、ついこないだからそこでバイト始めてさ」

「へぇ、あそこ。道場帰りにちょくちょく寄ったっけ」

「…………っ」

皆が話している間も、英梨花は真剣な様子でタイマーと睨《にら》めっこしつつ、フライ返しとコテを手に悪戦苦闘することしばし。

ややあって英梨花特製のお好み焼きが完成した。

裏返す途中に崩れてしまったり、少しばかり焦がしてしまって、お世辞にも見た目がいいとはいえない。英梨花自身も、バツの悪い顔をしている。

「できた。でも、どれも不格好……」

「いやいや上出来だよ、えりちゃん。ちゃんと食べられるものになってるし」

「あぁ、練習だしな。これからできるようになっていけばいいさ。それに腹に入れば一緒だし、問題は味さ」

「ん、頑張る」

美桜と翔太がフォローを入れつつ席に着き、いただきますと手を合わせて食べ始める。

形こそ悪いが、生焼けということもなく、味はちゃんとお好み焼きだった。

食べる手が止まらず、あっという間に翔太だけでなく虎哲の皿も空になる。

「うん、美味いよ英梨花。確かタネはまだまだ残ってたよな？」

「あ、オレもお代わりもらえる？」

「っ！」

英梨花は2人からの要望を受け、目をぱちくりさせる。

そしてふにゃりと頬を緩め、「んっ」と返事をして追加を焼く。

美桜は眉《まゆ》を寄せつつ、ほらねと言いたげな表情で言う。

「しょーちゃんも兄貴もよく食べるから、レシピ通りの量じゃ足りないのよ」

「まぁ育ち盛りだからな」

「おぅ、普通に美味かったし！　ていうか翔太は相変わらずマヨネーズ多いな⁉」

「そうそう、しょーちゃんが思った以上に消費するから、常にストック切らさないようにしてんだよねー」

「うぐ、いいだろ別に……」

「まずは片面を3分焼いて――」

焼いている間もお喋《しゃべ》りは弾み、夕食は和やかに進む。

その後も翔太と虎哲だけじゃなく、美桜もしっかりとお代わりをし、かなり多めに用意したはずのタネも余らせることなく食べ尽くした。

焼くことに追われた英梨花はその結果に驚きつつも、顔を綻ばす。

初めての夕飯としては、大成功といえるだろう。

食後のお茶で一服しながら、虎哲がしみじみと口を開く。

「いやぁ、美味しかった！　それにしても英梨花ちゃん、ご飯も作れるんだな。今日はほんと驚かされっぱなしだよ」

「ふふっ、実は夕飯作ったのって、今日が初めて。ちゃんとできてよかった。……それにしても、誰かに美味しいって言ってもらうのって嬉しいもんだね、みーちゃん」

「え？　あぁうん、そうだね。作り甲斐《がい》があるっていうか」

少し安心したような表情で美桜に同意を求める英梨花。

どうやら今日の成功に、手ごたえを感じているらしい。

翔太はそんな妹に目を細め、そしてふと思ったことを口にした。

「これで美桜が夕飯を作れない日があっても安心だな」

「……ぇ」

「ん、任せて」

「よかったな、美桜。これで時々サボれるぞー」

「っ、な、なに言ってんの兄貴、あたしは別にサボったりしないって！」

虎哲の軽口に、顔を赤くして反論する美桜。

やがてお茶を飲み終えた虎哲は立ち上がって大きく伸びをし、それからお腹を擦りながら言う。

「ん～、さすがにちょっと食べ過ぎたか。翔太、腹ごなしにちょっと走り込みに行かね？」

「うん？」

「え、こんな時間に？　食べたばかりなのに？」

思わず怪訝《けげん》な声を上げる美桜。

このあたりは治安がいいとはいえ、街灯もあまり多くなく暗い。あまりランニングに適しているとはいえない時間帯だ。事実、この時間に走り込むことなんてあまりなかった。

だが虎哲はちらりと美桜を見てから翔太に向き直り、意味ありげに片目を瞑《つぶ》る。

どうやら言葉通りのお誘いではないらしい。

そのことを察した翔太は、苦笑いと共に答えた。

「あぁ、わかった」

5月の夜は昼間の熱気を吸い上げるかのように深く、そして薄ら寒く感じる濃い色をしている。昼間の顔とはまるで大違い。

虎哲から話があるという体で外に出たものの、思った以上の肌寒さからどちらからともなく走り出し、身体を暖めることに。

幾度も走った道を流す程度に駆け抜け、少し離れたところにある公園で腰を落ち着ける。

息を整えながら見上げた夜空には、煌々《こうこう》と瞬く幼い頃から見慣れたいくつもの星々。

虎哲は「ふぅ～」と大きく息を吐き、自嘲《じちょう》気味に呟《つぶや》いた。

「受験と新生活に慣れるのを優先してたから、かなり身体が鈍《なま》ってるな……」

「1人暮らしって、やっぱ大変？」

「そりゃあな。メシなんていつも冷凍かインスタントか外食ばかり。米を炊いて総菜を買うのでさえ億劫《おっくう》だ。風呂《ふろ》もシャワーばっかだし、洗濯も着るものがなくなるまで溜《た》め込んじゃうし」

「それは……ダメダメだな。わかるけど」

「自分だけだし、まぁいっかーって感じになっちゃって、つい。そんで1人暮らしして初めてさ、今までどれだけ美桜が家のことをしてくれてたのかって、実感したわけ」

「……てっちゃん？」

そう言って虎哲は、自らの無力を力なく笑う。

だけど、言いたいことがわからないわけじゃない。翔太もまた、どれだけ美桜に家のことで助けられてきたことか。

もどかしい空気が流れる中、ふいに虎哲は万感の思いを籠《こ》めて翔太に訊《たず》ねた。

「なぁ翔太………美桜、大丈夫か？」

翔太は目を見開く。

それは正しく妹を心配し、慮った兄の言葉だった。

美桜は頑張り過ぎるところがある。それこそぶっ倒れるまで止まらないことも。

つい先日の親睦《しんぼく》会の時も自らの不調を隠し、周囲を気遣っていたではないか。

かつて翔太も虎哲も、それを見抜けなかった。

そしてどうしてそうなったかを、間近で見て知っている。

きっとこの連休に親のところでなく、こちらに戻ってきたのは、この地に1人で残った美桜のことが気になったのも、大きな要因なのだろう。

ついまじまじと虎哲を見つめる翔太。

すると虎哲は次第に恥ずかしくなってきたのか、顔を逸らす。

翔太はフッと口元を緩め、答えた。

「大丈夫だよ。ほら昼間も言ったけど、皆で色々分担してるし。美桜の役割はメシ当番くらいだし」

「……そっか。そのメシも、今日は英梨花ちゃんが作ってたな」

「そういうこと」

「ははっ、なら安心だ」

そう言って笑い声を重ねる翔太と虎哲。

今はもう美桜が無理しないよう、翔太も目を光らせている。英梨花も家事だけでなく色んなことに積極的だし、美桜の手を煩わせることもないだろう。

汗も引き、身体もすっかり冷えてきた。そろそろいい頃合いだ。

ふいに立ち上がった虎哲が背中越しに、独り言のように呟く。

「ありがとな、美桜を翔太ん家《ち》で世話してもらって」

「そんなことわざわざ。水臭い」

「いきなりのことだっただろ。アイツ、本当は親父たちと一緒に引っ越すはずだったんだ。それがどうしてもこっちに残りたいって言って、翔太ん家を巻き込んでさ」

「…………え」

──美桜も本当は引っ越すはずだった。

そんなこと、全然知らなかった。

突然知らされたことに、思考が固まってしまう翔太。

美桜がどこかへ行ってしまう。

受験の時も一緒の学校目指して勉強していたし、そんなこと、今の今まで微塵《みじん》も考えたことなかった。

今まで当たり前のように傍に居た美桜が居なくなる──想像しただけでもゾクリと背筋

が震え、心が冷えていく。

（……ぁ）

そしてこの感覚にはひどく覚えがあった。

かつていつも隣にいた半身が、英梨花が急に居なくなった時と同じ、身を引き裂かれるような恐怖と痛みが心の中を駆け抜けていく。

当たり前にあると思っていたものが、急になくなることがある――そのことを思い出した翔太は、ギュッとシャツの胸を摑《つか》む。

振り返った虎哲はそんな翔太の心境を知らず、明るい声色で言う。

「翔太、帰ろうか」

「あぁ」

くしゃりと顔を歪《ゆが》めて返事をする翔太。

暗がりのおかげで、互いの顔はよく見えなかった。

第５話　必要とされる場所

ゴールデンウィーク真っただ中の葛城《かつらぎ》家の朝。

以前は納戸代わりに使われていた美桜《みお》の部屋に、スマホのアラーム音が響く。

「ん……んぅ……」

自分でセットしたとはいえ叩《たた》き起《お》こされる形になり、不満そうな唸《うな》り声を上げる美桜。

抵抗とばかりに何度か寝返りを打った後、緩慢な動作でスマホを手繰り寄せアラームを止める。

ぽかぽかした陽気は心地好く、このまま微睡《まどろ》んでいたくなるものの、美桜は意を決して掛け布団を蹴飛《けと》ばした勢いで跳ね起き、欠伸《あくび》と共にぐーと大きく伸びをした。

「はぁ～～～、あふ……」

ごしごしと寝ぼけ眼を擦る。

家のことを率先してやっているものの、美桜は決して朝が強いわけじゃない。今だってアラームに設定した時刻は９時。平日ならとっくに授業が始まっている時間だ。

窓から見える天気の良さに、今日は洗濯物がよく乾きそうと思いながらリビングに顔を出す。

「おはよ、みーちゃん」

「っ、……えりちゃん、おはよ」

するとキッチンに、美桜の聖域ともいえる場所には英梨花《えりか》がいた。

途端に胸が嫌な風に騒めきだす。起き抜けの頭はうまく回ってくれない。

「みーちゃんもコーヒー飲む？」

「……あ、うん。お願い」

「ミルクとお砂糖はいつも通り？」

「あ、うん。ミルク多めのお砂糖は少し。お願い」

どうやら飲み物の用意をしていたらしい。

そのことに思わずホッと安堵《あんど》の息を吐く美桜。

ここ最近、英梨花の頑張る姿に、やけに胸が掻《か》き乱されてしまう。

コーヒーを用意してくれている英梨花は髪もしっかりとセットされており、服も夏を先取りしたような爽《さわ》やかな色合いとデザインのカットソーとロングスカート。このまま外出しても問題ないようなきっちりとした姿だった。

相変わらず英梨花は、家の中でも隙がない。

翻って美桜はいつも通り寝起きそのままの髪に、スウェットとよれたシャツ。決してよそ様にはお見せできない姿。

――これのどこが女の子らしいのやら。

あまりに対照的な妹分との差に眉《まゆ》を寄せながら、寝癖でぴょんと跳ねている髪を一房摑んで睨《にら》みつける。

「……ちょっと寝癖直してくる」

「あっ、今――」

普段なら寝癖なんて適当にひっ詰めたり、そのままにしていたことだろう。

だけど英梨花を見ているとやけに気になってしまい、モヤモヤした気持ちを抱えて洗面所へ。

「うぇっ⁉　って、美桜か。今はオレが使ってるぞ」

「っ⁉　兄貴！」

扉を開けると、バスタオル一枚の虎哲《こてつ》がいた。身体からは湯気が出ており、濡《ぬ》れた髪と上半身が見える。どうやらシャワーを浴びていたらしい。

美桜に気付いた虎哲は大切なところを隠しながら、嫌そうな顔をしてシッシッと追い払うかのように手を動かす。

色んな意味で、一気に頭に血が上っていく美桜。

半ば八つ当たりを自覚しながら、床に置いてあった兄の着替えを反射的に蹴飛ばして叫んだ。

「いるなら、使用中の札掛けとけ、バカ兄貴っ！」

「うわっ⁉」

それから十数分後。

手早く3人分のトーストとハムエッグを作った美桜は、朝食を囲みながら虎哲にぷりぷりと文句を垂れていた。

「別に朝からランニングしてシャワーを使うのはいいけどさ〜、札は掛けといてよね。おかげで変なの見ちゃったじゃない、ったく……」

「悪ぃ悪ぃ。一応、英梨花ちゃんには使う前に声を掛けたんだけどな」

「それでも札掛けてなきゃ、他の人はわかんないの！　もしうっかりえりちゃんが覗《のぞ》いたり、覗かれたりしちゃったらどうすんのさ！」

「あー、そういうトラブルもあるのか。それにしてもやけに実感籠《こ》もってるな。何かあったのか？」

「あったよ、しょーちゃんの裸覗いちゃったよ！　……おかげで髪の色と下の方の色が一緒、ってのを知っちゃったし」

「ぶはっ、あはははははっ！　そ、そうか、それは大変だな！　これからは気を付けるわ！　っていうか色一緒なのか、あはははははっ！」

美桜がこの家で一緒に住み始めた頃のことを話せば、ツボに入ってしまったのか大笑いする虎哲。英梨花もこの下ネタに、何とも困ったような顔をしている。

とはいえ虎哲のおかげで、胸でもやもやしていたものは吹き飛ばされた。

結局、寝癖はまだ直せていない。

朝食を食べ終えた虎哲は目元の涙を拭《ぬぐ》いつつ立ち上がり、客間へと足を向ける。

「さて、オレは出掛けてくるか」

「ふぅん、兄貴どこ行くの？　道場？　それとも友達？」

「両方。だから昼はいらない。夜もどっかで食って帰る」

「そっか」

すると虎哲に続き、英梨花も食器を重ねながら立ち上がる。

「私はこれからバイト。お昼はいらない。夕方までには帰ってくると思うけど、いらなくなるようなら連絡するね」

「……ん、わかった」

虎哲も英梨花も、支度をするため自分の部屋へと戻っていく。

２人の背中を見送った後、残りのトーストを口の中へ放り込み、随分冷めてしまったミルク入りコーヒーで流し込んでシンクへと向かう。

やがて朝食の後片付けを終える頃には、兄も幼馴染《おさななじみ》も出掛けて行った。

手持ち無沙汰《てもぶさた》になる美桜。

1人の葛城家は、やけに静かに感じる。

とくに見たいものがあるわけじゃないが、なんとなくテレビを点けた。

しばらくぼーっと眺めた後、洗濯機を回しに行く。

その間にリビングと廊下にフローリングワイパーをかけ、ゴミを纏《まと》め分別し、丁度洗い終えた洗濯物を庭に干す。

昔は随分と手間取ったが、今はもう慣れたもの。小一時間もすれば、あらかた家事も終わってしまう。

再び一人になる美桜。

静けさがやけに胸に響き、どうにも落ち着かない。

翔太《しょうた》はまだ、起きてこない。

昨夜、虎哲と一緒に深夜までゲームしていたのを覚えている。

これは昼過ぎまで寝ているコースだろう。

ソファーに寝転びスマホを弄り、コミックアプリやいつもチェックしているニュースサイトを眺めるものの、どうにも頭の中を空滑り。

いくつかのチャットグループを見てみるも旅行に出掛けたり、遊びに行ったり、英梨花のように短期のバイトをしたり、各々忙しそうにしている。

現在、クラス全体のグループでは応援合戦の案出しが活発に行われていた。委員として何か発言すべきところだろうが、どうにも気乗りせず、そっとスマホを脇に置く。

予定のない休日なんて、特に珍しくもない。

春休みだってそのほとんどはアニメや動画を見たり、ゲームをしたり、その辺をぶらついたりして適当に時間を潰《つぶ》してきた。

だというのに今日はやけに胸がモヤモヤしてしまい、おいてけぼりを喰らったかのような焦燥感や寂寥《せきりよう》感にも似たものが、お腹の底で渦巻いている。

「……あたしもどこか出掛けよ」

美桜はわざわざ声にして呟《つぶや》き、自分の部屋へと準備をしに戻った。

寝癖を直し、普段学校へ行く時と同じように髪をセット。

いつも外出時に着ていたフード付きパーカーとジーンズを着て、姿見の前に立つ。

至って普通の格好だ。

だけど中学の時と比べ髪型を変えたこともあって、その時よりも見栄えはよく見えた。

「…………」

しかし美桜は眉を寄せる。何かしっくりこない。

脳裏にはいつもきっちりとしていて隙を見せない妹分、英梨花の姿。

少しばかりの逡巡《しゅんじゅん》。

美桜は1着だけ持っている一張羅《とっておき》を取り出し、袖《そで》を通す。

ついでとばかりにいつもはしないメイクを施せば、まるで自分じゃないような女の子の出来上がり。

「なんか変な感じ……」

そんなことを独り言ち、美桜は葛城家を後にした。


この辺で目的もなくぶらりと出掛けるとなれば、やはり郡山モール。

最初は自転車で行こうとしたものの、ミニスカートを気にして定期券が使える電車に乗る。

大型連休の真っ最中ということもあり、郡山モールは非常に混雑していた。特に行く当てのない近隣の人たちも、足を運んでいるのだろう。ごった返している。ホールの方からは軽快な音楽が流れてきており、黒山の人だかりが見える。この集客を見越した何かしらの催しをやっているようだ。

そんな中、やけに自分の格好が気になってしまう美桜。

思い返すと今までこの服を着るのは、翔太や六花《りっか》たちを驚かすためだった。決して自分を可愛く見せるためではない。

だから特に何の意図もなく、ただ外出するためだけにオシャレをしている自分に、やけに違和感を覚えてしまう。

周辺のアパレルや雑貨の店にいるお客の女の子へと視線を巡らす。

どの子も可愛らしく、そしてより自分をよく見せようと店員や友人たちと話しながら、服なり小物なりを選んでいる。その様子は楽しそう、かつ真剣そのもの。

それはどこにでもいるような、女の子の姿だろう。

美桜も彼女たちに倣い、適当な店に入って服を手に取ってみる。

様々な衣服は色とりどりでどれも生地が薄く、デザインは夏に向けてのもの、というのはわかる。だけど自分に似合うかは、わからない。

(この服も店員さんに勧められるがままに買ったっけ……)

そもそも自らを飾ることに今まで興味がなかったのだ、当然だろう。服の好みがあるとすれば、動きやすいくらいだろうか。

それにこの格好も翔太や六花たちが驚いたことで、してやったりという気持ちはあるものの、美桜は自分の容姿に自信があるわけじゃない。中学までずっと、その辺によくいるモブの1人だったのだ。いきなりその意識を変えろといわれても難しい。

まるでこのファッション空間にいることが場違いに思え、くしゃりと顔を歪《ゆが》め、なんとも難しい表情になる。

するとそれをどう受け取ったのか、店員が話しかけてきた。

「何かお困りですか？」

「っ⁉」

いきなりのことに固まってしまう美桜。

店員はファッションに疎い美桜の目から見ても、オシャレかつ華やかで、こうなれたらいいと思わせる容姿をしている。明らかに美桜とは違う世界の人だ。まるで自分がしていることを咎《とが》められているかのような感覚に襲われてしまう。

「い、いえ、特に何も……それじゃっ！」

「あっ」

美桜は咄嗟《とっさ》にそれだけ言い捨て、店を後にした。


あてもなく、漫然と郡山モールを歩く。

どうにも服や小物と選ぶといった、ああいう女の子らしいことは自分には向いていないらしい。

そもそも興味がないのだ。無駄とさえ思ってしまう。英梨花なら、ああしたことでも楽しめたりするのだろうか？

（しょーちゃん起こして、一緒に来た方がよかったかな……）

英梨花のようにはいかなくても、もし翔太が一緒だったのなら、ネタに走った服を選んでみるとか、そうした別の楽しみ方もあっただろう。

はぁ、と大きなため息を吐きながらそんなことを考えるものの、今更もう遅い。

その辺を歩いていると、いつも郡山モールに来て足を運ぶスポーツショップやシュークリーム店、ゲームセンターなどが目に入るものの、どうにも1人だと寄る気にならない。

やがて辿《たど》り着《つ》いたのは、生鮮食品や野菜、総菜などを扱っている食料品売場。

ここに用はない。特にオシャレをしている女の子が訪れるようなところでもないだろう。

しかし実家に戻ってきたような安心感に見舞われる美桜。

ついでとばかりに地元のスーパーの値段と比較しながら見て回る。

「わ、白ネギ1本48円やっす、今日の特売品かぁ！　お米もこっちの方が安いけど、微々たる差だしなぁ、わざわざ来るほどでも。あ、でも学校帰りにしょーちゃんと来て持ってもらうのはありかも？」

あれはこっちが、これはあっちが安いなどと思いながら、浮き立つ美桜。

総菜類はパーティーサイズのものがよく見られた。

大型連休で昼間は遊び、夕食はこうした出来合いの、見た目も華やかなものをということだろうか？　虎哲もいることだし、こうした贅沢《ぜいたく》もいいかもしれない。だが翔太はこういうものより作りたての温かいものの方が、食いつきがいいだろうなと思うと、くすりと笑みを零す。

やはりこうした生活に直結したものの方が、性に合っている。

そんなことを考えつつ一巡り。

やがて入り口に戻ると共に、ぐぅ、とお腹の音が鳴った。

スマホで時刻を確認すれば、もうお昼をだいぶ過ぎている。

何か食べようとレストラン街やフードコートに顔を出してみるも、この時間でもまだ多くの人が並んでおり、盛況だ。

お腹を押さえて考えることしばし。

「……そうだ」

ふいにとある顔が脳裏を過った美桜は、ある場所へと足を向けた。


再び電車に乗り、葛城家のある1つ手前の駅で降り、県道沿いに歩くこと数分。

美桜が訪れたのはお好み焼き店、三諸。六花の実家であり、英梨花のバイト先の店だ。

「かなり変わってる……」

最後に訪れたのはいつだったか。高校受験前だったから、少なくとも数ヶ月ぶりだ。

リニューアルしたことは聞いていたものの、汚れが各所に目立つ古くからの街の食堂然とした外観から一転、明るくオシャレな店構えに変わっておりビックリしてしまう。そして実際、この連休はかなり人がやってきているようだった。外からも人の入りの多さが窺《うかが》える。

元々交通量も多く、駅も近い。立地は悪くないのだ。人気があるのも頷《うなず》ける。昨日も六花がグルチャで忙しくて大変だと愚痴っていたことを思い返し、くすりと笑う。

この店に来たのは、六花の店がどう変わったのか気になったのもあるが、やはり英梨花がどうしているかが気になったから。

このところ英梨花が頑張っていることは知っている。

それはとてもいいことだ。しかし、ちゃんとできるかは別問題。

昨日だってお好み焼き作りに挑戦したものの、不慣れな手つきは危なっかしく、要領も決していいとは言えなかった。

それに英梨花自身、バイトは楽しいものの、失敗ばかりしていると言っていたではないか。

この忙しさで、目を回しているかもしれない。

もし手が必要なら、自分も手伝おう。そう意気込んで暖簾《のれん》を潜る。

「いらっしゃいませ〜♪　……ぁ」

「っ！　や、やほ～……」

店に入るや否や、愛嬌を振りまく英梨花の笑顔と声に出迎えられた。予想外の姿に一瞬、固まってしまう美桜。

英梨花もまた美桜の来店が意外だったのか目を丸くし、身内相手が恥ずかしかったのか、みるみる顔を赤くしていく。

「ええっとみーちゃん、どうしたの……？」

「んっと、えりちゃんの様子見を兼ねて、お昼を食べに……」

「そ、そう。え～っと、席は……」

キョロキョロと店内を見回す英梨花。いくつか空いている席があるものの、片付けがまだなものが多く、どこへ案内していいかわからないらしい。

そのあたりは店員としてまだまだ未熟もいいところ。美桜も頬を緩ませる。

「あっらー、もしかして美桜ちゃん!?　六花からイメチェンしたって聞いてたけど、あらやだ、すっかり見違えちゃってるじゃないの！」

「お、お久しぶりですおばさん！　ちょっと高校デビューしちゃいまして！」

「うふふ、それだけじゃないんでしょ？　聞いたわよ～……っと、今片付けるからそこに座って！　あ、何にする？」

「じゃあ……ぶた玉で」

すると横から顔を出した六花の母に促され、席に座る。

助けられた英梨花はバツの悪そうな顔でちろりと舌先を見せ、仕事へと戻っていく。

店内はお昼をだいぶ過ぎているにもかかわらず、中々の客の入りだった。ピークの時はいかほどか。人気の程が窺える。

六花もまた、パタパタと店内を忙しなく飛び回っていた。美桜の来店には気付いていたようで、目が合ったら笑みを返してくれたものの、交わした言葉といえば注文の品を持ってきた時の「お待たせしました！」のみ。

ぶた玉を食べながら、英梨花の働きぶりを観察してみる。

身内の贔屓目《ひいきめ》でも、その仕事ぶりはまだまだ駆け出しといった体だ。

料理を運ぶのは遅いし、オーダーを取る手つきもたどたどしい。

それだけじゃなく、ドリンクや料理を運ぶ先もしばしば間違える。

あれではただでさえ忙しいのに、足を引っ張りかねないだろう。

――ここはやはり、自分も手伝った方がいいのでは？

そう思った美桜はお好み焼きを平らげた後、手を上げて近くに来た六花を摑《つか》まえ、訊《たず》ねた。

「りっちゃん、話に聞いていた以上に忙しそうだね。よかったらあたしも手伝おうか？」

「あはは、ありがと美桜っち。けど大丈夫、英梨ちんがいるから！」

「え？」

六花の即答かつその理由に、思わず間の抜けた声を上げる美桜。

するとの奥の方から六花の母も現れ、言葉を続ける。

「そうよ～、英梨花ちゃんが来てくれて大助かりなんだから！　店もすごく明るくなったし！」

「そうそう、お父さんなんて英梨ちん来ると大張り切りなんだから。英梨ちんがいなかった昨日とは大違い！」

「がはは！　そりゃ可愛い子にゃ、いいところ見せたいからな！　それに常連の皆も多く注文してくれるし！」

持ち上げられる形となった英梨花は、気恥ずかしそうに照れている。

そんな彼女を見て、眦《まなじり》を下げる周囲の客たち。

呆気《あっけ》に取られてしまう美桜。

しかし六花たちの言葉に嘘はないのだろう。

思い返すと英梨花は仕事面では役に立っていないものの、これまでと違って愛嬌を振りまいてハキハキとした言葉遣い。華やかな見た目も相まって、とても好感が持てる。事実、客からの反応もよく、鼻の下を伸ばしている男性客も多い。

仕事は拙いものの、英梨花はしっかりと役割をこなしているようだった。

そのことは、理屈ではわかる。

だけど正直、英梨花が皆に認められて接客をしていることが意外で、少しばかりの動揺を禁じ得ない。胸にモヤモヤとしたものが広がっていき、なんともいえない表情になってしまう。

それでも1つ、確かなことがあった。

――ここに、美桜の手は必要ない。

（……っ！）

ひどく覚えのある痛みが胸を襲う。

脳裏に浮かぶのは母が亡くなり意気消沈する父や兄に代わり、家を盛り立てようと頑張る痛々しい自分の姿。

そんな美桜に、英梨花は笑顔で言う。

「ん、私が頑張れるのはみーちゃんのおかげ」

「……そぅ」

英梨花の言葉で一層くしゃりと表情を歪《ゆが》ませる美桜。

曇りのない笑みを浮かべる英梨花に、美桜はぎこちない笑みを返すのだった。

第6話 △ 逆鱗

朝、といっても普段ならとっくに1時限目の授業が始まっている時間。

寝起きの翔太《しょうた》は欠伸《あくび》を噛《か》み殺《ころ》しながら、「ぉはよ」という挨拶《あいさつ》と共にリビングに顔を出す。

すると虎哲《こてつ》が、何枚かのチケットをひらりと振りながら声を上げた。

「なぁ、今日は映画観に行こうぜ」

「映画？」

「そう、映画。割引きチケットあるんだ。なんとペアで1500円引き、もちろん学割と併用可！」

「え、なにそれめっちゃ安い！　兄貴、ちょっとそれよく見せてよ！」

チケットのあまりの割引きぶりに、目を輝かせながら飛びつく美桜《みお》。

虎哲から奪うようにして手に取り、まじまじと眺め、興奮気味に口を開く。

「わ、ほんとだ！　てかどったの、これ？」

「昨日遊んだ友達にもらった」

「ふぅん……あ、でもこれ観られるもの決まってるみたい」

「へぇ。でもせっかくだし行ってみようぜ。翔太と英梨花《えりか》ちゃんもいいよな？　あ、もしかして他に予定とかあったりした？」

「いや、俺は特になにも。映画かぁ、随分久しぶりだなぁ」

「ん、私も今日はバイトがないから大丈夫。楽しみ」

そしてササッと朝食を済ませ、善は急げと各々の部屋に戻って準備をする。

この辺りで映画を観に行くとなると、やはり郡山モールに併設されているシネコン。

なんだかんだでいつも遊びに行くところと変わらない。

それに相手は気心知れた幼馴染《おさななじみ》と妹、そして兄貴分。準備といっても近場だし、寝間着を着替えてスマホと財布をポケットに叩《たた》き込《こ》む程度。すぐに終わる。

翔太がリビングに戻るとほどなくして虎哲が、そして少し遅れて美桜が戻ってきた。

美桜は2人の顔を見回しながら言う。

「後はえりちゃんだけ？」

「みたいだな。もう下りてきてもいいと思うけど……なにやってんだろ？」

早く映画に行きたいという気持ちを滲《にじ》ませ、そわそわする翔太と美桜。

虎哲はそんな妹と弟分に少し呆《あき》れつつ、窘めるように言う。

「おいおい、女の子の支度には色々あるし、時間がかかるもんだろ。美桜はまぁ……美桜だけど」

「うっさい、兄貴」

「……それもそうか」

虎哲の言葉に、なにげに眉《まゆ》を顰《ひそ》める翔太。

これまであまり意識したことはなかったが、思えば英梨花はいつだって髪や身だしなみをきちんとしている。

翔太の目から見れば朝起きてきた時の姿だって、品のある楚々《そそ》とした薄手のカットソーに少し長い丈のスカートという、十分そのまま出掛けられる格好をしていた。

しかし英梨花としては、たとえすぐ近所に気心知れた相手と遊びに行くにしても、女子なりの準備があるのかもしれない。

翔太はそのあたり、よくわからないなと首を捻《ひね》る。

「おまたせ」

そうこうしているうちに、英梨花も戻ってきた。

着替えをして薄らとメイクもしたのか、先ほどと比べ明らかに大人びて綺麗《きれい》になっているのがわかる。思わずほぅ、とため息を吐いてしまうほどに。

なるほど、確かにこれだけ変わるのなら準備は必要だ。

その英梨花はといえば美桜の姿を見て目をぱちくりとさせ、尋ねる。

「みーちゃん、その格好で行くの？」

言外に女の子らしいオシャレな服じゃなくていいの？　という質問が込められていた。

美桜は、フード付きパーカーにジーンズといった洒落《しゃれ》っ気《け》のないラフな格好。美桜らしいといえば美桜らしいチョイスで、女の子らしい英梨花とは対照的だ。

しかし翔太には見慣れた、これまでと同じ遊びに行く時の格好だった。それに髪型を変えたことにより、今の美桜にもよく似合っているといえる。

だがそれでもやはり、地味さは否めない。

美桜は少し眉を寄せながら答える。

「ん～、わざわざ着飾って行くようなところじゃないしね。……それに一張羅《アレ》はクリーニングに出しちゃってるし」

「……そう」

美桜はそう言うものの、どこか納得がいかないといった様子の英梨花。

たしかにここのところ、特に英梨花がこの家に戻ってきて以来、出掛ける時は女の子らしい格好をしていたかもしれない。

とはいえ美桜だって、そういう気分じゃない時もあるだろう。

翔太は憮然《ぶぜん》としている英梨花の背中をポンッと叩き、諭すように言う。

「ま、いいから出掛けようぜ」

「うん」

翔太1人、もしくは美桜と2人なら自転車で行くところだが、バスを利用して郡山モールを目指す。

途中、バスに揺られながら美桜が虎哲に向かって言う。

「こういう時、車があったらいいのに。兄貴、免許取らないの？」

「夏休みを利用して取りたいところだなぁ。まずはバイトで教習所代貯めないと」

「ん～でもさ、夏までに取った方が、休みに車でどこか出掛けようって真帆《まほ》先輩を誘えたりするんじゃない？」

「っ、真帆は関係ないし！　けど、確かに夏休み中に車使えた方が便利だよな……」

むむむと唸《うな》り、顎《あご》に手を当て、悩まし気に考え込む虎哲。翔太たちは顔を見合わせ、苦笑い。

やがてバスは目的地にたどり着く。

普段はあまり使わない入り口から、3階の端にあるシネコンへ。

朝のそれなりに早い時間ということもあり、てっきり空いていると思ったものの、意外なことにかなりの人がいた。

翔太は当てが外れたとばかりに呟《つぶや》く。

「結構並んでいるな。もうちょっと空いていると思ったんだけど」

「この辺、他に遊ぶところないしな。皆、考えることは一緒ってとこか。ところで美桜、オレたちが観られる映画ってどれなんだ？」

「『風の森』だから……ほら、あのポスターのやつ」

「あれって……」「あー……」

「『風の森』っ⁉」

美桜が示したポスターはイケメンと地味な女の子が絡む、いかにも恋愛ものといった、あまり自分からは積極的に観るようなジャンルではなかった。思わず戸惑いの声を上げてしまう翔太と虎哲。

しかし隣の英梨花は喜色満面で、歓声を上げる。

英梨花らしからぬ反応に目を大きくする虎哲。

最近こうした妹の反応に慣れてきた翔太は、苦笑しつつ訊《たず》ねる。

「知ってるのか、英梨花？」

「少女漫画原作で、私の今の一押し！　うぅ、布教したいけど、買ってるのは電子なんだよね……」

「電子といえば最近スマホで、『風の森』映画公開記念、５巻まで無料って宣伝、よく見かけるかも」

「っ、無料ならみーちゃんも是非読むべき！　1巻……だけじゃその魅力は伝わりにくい
かもだけど、3巻まで一気に！　もちろん兄さんや虎哲さんも、是非！」

「へ、へぇ……っ」

鼻息荒く、いかにこの作品が面白いのかを熱く語る英梨花に、思わずたじろぐ美桜。

そんな珍しい2人の様子に、翔太と虎哲は眉を寄せて笑う。

しかしその一方、英梨花がそれだけ熱心に語る作品に興味も湧く。

幸いにして上映開始時間は近かった。

列に並んでチケットを購入し、指定の席に横並びで座る。

家のテレビとは比較にならないほど巨大なスクリーンに、臨場感あふれる音響。　映画館
は作品の世界に没頭できる環境が整っており、非日常へと誘ってくれる。

映画は元いじめられっ子の女の子が、ひょんなことからクラスの人気者の男の子と知り
合うという、少女漫画らしい導入だった。日常がひっくり返るような劇的なイベントがあ
るわけじゃないが、しかしその分、等身大で身近に感じられる内容だ。

2人が交流を経てそれぞれが抱える過去と向き合いながらも、それでも変わりたいと腕（もが）
く姿は、恋愛だけでなくヒューマンドラマの側面もあり、どんどん作品に引き込まれてい
く。

やがてすれ違いからの仲直りを経て終わりを迎えると共に、消失感にも似た満足感に包まれ、ほぅと悩まし気なため息が出てしまう。

翔太以外の3人も似たような反応をしており、概ね満足したようだった。

映画館を出るなり、虎哲は少し憂いを含んだ声色で呟く。

「何ていうか、凄《すご》かったな。少女漫画原作だっていうからこう、甘ったるくキラキラした感じかと思ってたけど、全然違った。何かこう、頑張らなきゃって気になったよ」

「あぁ、そうだな……」

なんとも曖昧《あいまい》な返事をする翔太。あの映画を観て、思うところがあった。かつての失敗を思い返し、少しだけじくりと胸が痛む。

「ん、今を変えるには自らがまず変わらなきゃいけない。失敗を恐れちゃいけないってのを再確認したかも」

一方英梨花は興奮で息を弾ませながら語り、胸の前で握《にぎ》り拳《こぶし》を作る。

なるほど、ここ最近の英梨花を見るに、この作品の影響を受けているのかもしれない。

一押しというのも頷《うなず》ける。眩《まぶ》しそうに目を細める翔太。

するとその時、これまで沈黙していた美桜が、神妙な声で呟く。

「ね、思ったんだけどさ、兄貴の友達ってこのチケット、真帆先輩と一緒に行ってもらうために渡したんじゃない？」

「………へ？」

「女子の間で話題の恋愛もの、んでペア割引。どう考えてもデート用の代物でしょ」

「いやだって余ってるからって複数枚もらったんだぞ？　それにまだ余ってるし……」

「1人じゃ誘いづらいだろうから、誘いやすいようにグループでって配慮じゃない？　兄貴、ヘタレだし」

「うぐっ、へ、ヘタレじゃねえっ！」

美桜の言葉には説得力があった。なるほど、安さの方にばかり目がいっていたが、確かにデート向けの映画だろう。虎哲が真帆を誘う口実には打ってつけだ。

虎哲は言葉を詰まらせ、唇を嚙《か》みしめることしばし。

やがて少し見苦しい言い訳をしだす。

「いや、真帆だぞ？　口うるさくて女っ気もあれなアイツが、こういうの――」

「私が、なんだって？」

「――っ!?」

その時、ツッコミを入れるかのように鋭く、少し不機嫌そうな声が浴びせられた。

表情が凍り付き、固まってしまう虎哲。

ギギギと首を軋《きし》ませながら振り返った先には、腕を組んで頰を引き攣らせた女性――山《やま》本《もと》真帆本人がいた。

「うげ」

「うげって何よ、うげって。それに女っ気もあれって、どんなあれなのさ」

「っ、えっといやその……別に特になにもない、よな？」

「……兄貴」「はぁ」

　真帆に気圧された虎哲は後ずさりつつ、美桜に助けを求める。顔を見合わせ呆れたため息を重ねる真帆と美桜。

　そこで真帆は、はたと気付いたとばかりに「え！」と大きな声を上げ、まじまじと美桜の顔を見つめた後、黄色い声を上げた。

「って、もしかしなくても美桜ちゃん!?　やっば、めっちゃ可愛くなってんじゃん！」

「えっへへ〜、高校デビューってやつしちゃいました！　どうです？」

「うんうんいい、すごくいいよ……って、隣にもすごくかわいい子がいるんだけど!?」

「っ、……ぁ」

　そして英梨花を見て、目を瞬かせる真帆。

　初対面の相手だからか条件反射的に人見知りを発揮した英梨花は、思わず美桜の背中に隠れてしまう。

　真帆はスッと目を細めて虎哲に向き直り、冷やかすように言う。

「ふぅん。もしかしてこの子、虎哲の彼女さん？　へぇ、いつのまに。隅に置けないねぇ、このこの〜っ」

「っ、違ぇ、そんなんじゃねぇ！　翔太の妹だよ、翔太の！　彼女とかそういうのじゃ全然ないから！」

「うん、そうだろうなぁって思ってた。髪の色とか似てるし」

「うぐっ、ぐぬぬ……」

「あ、あはは、お久しぶりです、山本先輩」

真帆に揶揄《からか》われ、手のひらの上で転がされる虎哲。

相変わらずの関係の２人に、翔太も微笑ましく思うも苦笑い。

そして真帆はにこりと人好きのする笑みを浮かべ、英梨花に向かって手を差し出し自己紹介をする。

「初めまして、山本真帆です」

「……っ、葛城《かつらぎ》英梨花、です」

「よろしくね。英梨花ちゃんでいい？」

「は、はいっ」

英梨花はびくりと肩を跳ねさせたものの、ぎこちなく笑いつつ、手を握り返す。今までなら背に隠れたままだっただろう。早速先ほどの映画のように、自らを変える努力をしているのだろう。そう思い、目を細める翔太。

そして真帆は再び美桜へと向き直って腕を組み、むむむと唸る。

「う〜ん、美桜ちゃんの服はいつも通りなんだね〜。せっかくなら可愛い格好をしたらいいのに〜」

「いやぁ、あたしは――」

「そ、それは今から服を見に行くところだからっ！　その、夏服っ！」

「――え、えりちゃん！」「ほほぉ？」

珍しく、誰かが話している横から口を挟む英梨花。虚を衝かれた顔で固まる美桜。

興味深そうに声を上げる真帆に、英梨花はぐいっと迫って力説する。

「みーちゃんは、もっとオシャレすべき」

「うんうん、確かにせっかくこんなに可愛くイメチェンしたんだし、どうせならね〜」

「え、えーとでも、あたしは……」

「みーちゃん」「美桜ちゃん？」

にこにこ顔の英梨花と真帆に威圧され、頬を引き攣らせて後ずさる美桜。

助けを求めるような視線をこちらに向けてくるも、翔太と虎哲は巻き込まれてはかなわないと、あからさまに目を逸らして気付かないふり。

すると美桜は、苦し紛れに強引な話題転換を試みる。

「と、ところで真帆先輩は今日、ここに何しに来たんです？」

「ん～、映画観に来たんだ。ほら今話題の『風の森』。主演の子のファンでさ、原作も読んでみて面白かったし。でもそれより美桜ちゃんの服選びの方が――」

聞き逃せない単語を耳にした美桜は、我が意を得たりとばかりに言葉を被せる。

「っ、丁度よかった！　兄貴、それの割引チケット持っているんですよ！　なんとペアで1500円引き、しかも学割と併用可！」

「えっ、なにそれめっちゃ安い！」

「あたしたちもう観ちゃったし、兄貴貸し出しますんで、うちらのこと気にせず行ってきてください！」

「へ？　オレ――」

「む、なにさ。私と一緒じゃ不服？」

「いやそんなことは……」

「じゃあいいじゃない、これくらい付き合ってよ。じゃないと卒業式の時のアレ、美桜ちゃんと翔太くんにバラすよ？」

「っ⁉　おい、だからあれは誤解だって！」

「ふぅん？　客観的な判断を仰ぐためにも聞いてみる？」

「あーもう！　わかった、わかったから！　観るから行くぞ！」

「あはっ、最初からそう言えばいいのに。んじゃ、虎哲を借りてくね～」

「どうぞどうぞ！」

案の定、割引のお得さに食いついた真帆は、じゃれ合った後、虎哲を引き摺《ず》るようにして映画館へ。

そんな仲睦《なかむつ》まじい２人の背中を見送った美桜は、ホッと息を吐く。

すると英梨花が、少し不思議そうにポツリと呟《つぶや》いた。

「……虎哲さんと真帆さん、あれで本当に付き合ってないの？」

その言葉を受け、顔を見合わせる翔太と美桜。

英梨花の疑問は、もっともだろう。傍目から見ても息がぴったりで仲がいい。それに虎哲だけでなく、真帆の方も相手のことを憎からず想っているのだとすぐわかる。翔太だって未だに付き合っていないことが、不思議なほどだ。

だけど美桜は少し困った顔をして、自嘲《じちょう》交じりの言葉を零す。

「あたしは真帆先輩の気持ち、ちょっとわかるかも。きっと友達の期間が長すぎて、それ以外に見られなくなっちゃったんじゃないかな？」

「え……」

なんとも困惑めいた声を零す英梨花。

美桜は苦笑しつつ、やけに実感の籠《こ》もった声色で言う。

「兄貴だって単にヘタレってわけじゃない。きっと今の関係が一番よくて、大切にしてるんじゃないかな？　きっと変わらないままの方がいいってこと、あるだろうし」

「あぁ……」「………」

その言葉に翔太もズキリと胸を痛め、同意するかのように深く頷く。

1人納得いかないといった様子の英梨花は、憮然《ぶぜん》として声を上げた。

「それでも変わった方がいいものもある。みーちゃんの格好とか。夏服、見に行く！」

「えっ、それまだ有効だったの!?」

強引に美桜の手を引き、駆け出す英梨花。

翔太は突然のことに呆気《あっけ》に取られるものの、すぐさま苦笑を零し、慌てて2人を追いかけた。


英梨花は服を見たり、誰かの服を見立てたりすることが好きなようだった。その顔は活き活きとしており、頬は興奮から紅潮している。

「ちょっとこれ、あたしには派手じゃない？　肩とか剝《む》き出《だ》しだし、ちょっと寒いし」

「このくらいの方が、みーちゃんに似合う。どうせなら、冒険すべき！」

「えぇ～、どちらかといえば、あぁいう大人しいものの方が……」

「むっ、あれは……一見地味だけど、これとかあれとか合わせるといいかも！」

「え」

郡山モールの店に少しでも気になる服があれば、有無を言わさず引っ張られては色々と服を合わせられ、美桜はさながら着せ替え人形。

慣れないことをしている美桜は終始気恥ずかしそうにしていたものの、しかし翔太の目から見てもどれもよく似合っていた。いくつかは不覚にも、ドキリとしてしまうほどに。

美桜という素材がいいのか、はたまた英梨花の見立てがいいのか。いや、やはりどちらもなのだろう。

「ね、兄さんはさっきのと今の、どっちがいいと思う？」

「どっちもいいと思う」

「むぅ、兄さんはそればっかり」

「って、言われてもな……」

時折、英梨花から訊《たず》ねられるも、そんな返ししかできない翔太。英梨花は不服とばかりに頬を膨らませる。

とはいえ英梨花が選んだものはそれぞれによさがあり、一番似合うものは何かと問われても困ってしまうのも事実。

すると英梨花は、それならばと質問を変えてきた。

「じゃあ兄さんは、どんな感じのものが好みなの？」

「うぅん、なんだろ……そんなこと、考えたこともなかったな」

「しょーちゃん、二次元なら巫女《みこ》さんとか侍とか浴衣《ゆかた》とか、和ものが好みだよね」

「……そうなの？」

横から挟まれた美桜の言葉に、目をぱちくりさせながら尋ねてくる英梨花。

翔太はいきなり性癖を暴露した美桜をジト目で睨《にら》みつけながらも、まいりましたとばかりに両手を軽く上げて答える。

「髪がこれだからさ、なんていうか昔から和風なものに興味があってな」

「……そうなんだ。そういやこないだ教室で、一時巫女ものにはまってたってみーちゃんが言ってたっけ」

「っ!?　それは忘れてくれ！」

「ま、しょーちゃんのオシャレ経験値なんてそんなもん。あたしと変わんない。聞かれても困るってもんだよ」

言外に、もうどれでもいいから適当に決めようよと言う美桜。

その気持ちはわからなくもない。

だけど英梨花に色々な美桜の姿を見せられ、しみじみと思ったことを口から零す。

「まぁな。けど、ホントどれもよく似合ってて――美桜って実は可愛かったんだな」

「……へ？」「ぁ」

翔太は言ってから、随分とストレートで大胆なことを口にしたと気付く。あまりに自然に零れた言葉なので、それが本心だというのもよく伝わったことだろう。

みるみる顔を赤くしていく美桜。

するとすぐさま英梨花が同意するかのように、言葉を被せた。

「ん、みーちゃんは可愛い。だから一番似合うのを探す。予算も限られてるし、気合いれなきゃ！」

その発言で気まずくなりそうだった空気は霧散するものの、言葉を詰まらせた翔太と美桜は、そのまま英梨花に引っ張られる形で服選びを続行することに。

結局その後もいくつかの店を回り、途中で何か吹っ切れた美桜は、今までと比べると随分派手で肌も露わな、いわゆるギャル系のものを選んだ。英梨花としてもこれはというものが買えたようで、にこにこと満足そうな笑みを浮かべている。

一方、さすがに疲労困憊《こんぱい》といった様子の翔太と美桜。

とはいえせっかくやってきたのだからと、ゆるゆると郡山モールを歩く。

大型連休ということもあって各テナントでも様々な催しや、くじや福引といったキャンペーンも展開されていた。その中でもやけに赤色が各所で見て取れる。それからカーネーションを使ったディスプレイも。

ふと、あるものを見つけた英梨花が「わぁ！」と歓声を上げた。

「あ、これすごくいい！　みーちゃんにピッタリ似合うと思う！」

「あ、あはは、確かに可愛いね。けどあたし、お小遣いがもう、ね？」

「むぅ……」

英梨花が指差したのは、花をあしらった赤い髪飾りだった。美桜の黒髪にもよく映えることだろう。こうしたものに疎い翔太にさえ、そう思わせるほどだ。

美桜にこれを着けさせたいというのはわかる。だけど予算のことを言われると弱い。先ほど服を買ったばかりだし、なおさら。これ以上言えなくなる。

英梨花が「むぅ」と、悩まし気に唸《うな》ることしばし。

するとその時、郡山モールの至るところに書かれている文字を見た英梨花が、名案とばかりにパンッと手を合わせた。

ハッと息を呑《の》む翔太。英梨花の視線を追えば、美桜のこともあって意図的に避けていた『母の日』という文字。

「じゃあ、あれは私からのプレゼント！　ほら、みーちゃんの誕生日も兼ねて。それに母の日も近いし、いつもみーちゃんお母さんみたいに私たちのことを――」

「っ、やめて、いらない」「おい、英梨花」

美桜らしからぬ、やけに低い声での返事。

これはいけない。翔太は慌てて制止しようとするも、英梨花は美桜の様子に気付かずそのまま言葉を続ける。

「え、でもせっかくだから、普段みーちゃんがしてくれることに――」

「――やめろ、っつってんの！」

「っ⁉」「…………っ」

大声で強い拒絶の声を上げる美桜。

豹変《ひょうへん》ともいえる美桜の反応に、困惑と戸惑いを隠せない英梨花。

そして美桜の反応に心当たりがあるものの、あまりに繊細なことなので、どうフォローしていいのかわからない翔太。

気まずい沈黙に包まれていく。

やがて美桜は痛々しい表情で目を逸らし、謝罪の言葉を口にした。

「……いきなりごめん」

「あ…………みー、ちゃん」

「…………」

翔太はやはり、彼女たちに掛けるべき言葉がわからなかった。

#突拍子もない、かつての言葉

みおは頑張った。

料理に洗濯、掃除、母がしていた家事全般。

一体どれだけ失敗したかわからない。

火加減はめちゃくちゃ、洗濯はしわくちゃ、掃除もぐちゃぐちゃ。

それでもへこたれず、周囲に迷惑をかけながらもなんとかこなす。

全てはぽっかりと空いてしまった穴を埋めるため。

びゅうびゅうと吹きすさぶ虚無や辛苦、寂寥《せきりょう》や哀惜を止めるため。

鬼気迫る顔で家事をこなす。

それが、唯一の方法だと信じたから。

だけど頑張っても、頑張っても、その穴は埋まりやしない。

それでも母の代わりでいようと頑張って、頑張って、頑張り過ぎたみおは、ある日プッリと糸が切れたように倒れてしまった。

そしてようやく悟る。

母の、誰かの代わりになんて、決してなれやしないんだと。

全てがどうでもよくなった。

もう何もしたくない。

そんな気持ちで二日ぶりに目覚めたみおの目に飛び込んできたのは、泣いてぐしゃぐしゃな顔をした、綺麗《きれい》な髪の色の幼馴染《おさななじみ》の男の子。

『おれ、あったかいごはんが食べたいんだ。みおが作ってよ』

倒れた相手に対してそんなめちゃくちゃなことを、しょうたは言った。

だけど、みおはそのことがとても嬉《うれ》しかった。

第7話　五條兄妹

5月6日、GWの最終日、そして美桜《みお》の誕生日。

空は朝からどんよりと分厚く黒い雨雲に覆われており、ザァザァと雨が降っていた。

何とも気が滅入るような空模様だ。

それに引っ張られるかのように、いつもより少し薄暗いリビングには重苦しい空気が広がっており、屋根や地面を叩《たた》く雨音が不和を奏でている。

しかし原因が天気のせいだけではないのは一目瞭然《いちもくりょうぜん》。

「……あの」

「……うん？」

「……なんでも」

「……そう」

いつもはよく喋《しゃべ》る美桜は固く口を閉ざし、淡々と朝食の後片付けをしている。

ダイニングテーブルで空のコーヒーカップを手のひらで弄《もてあそ》ぶ英梨花《えりか》は、機会を窺《うかが》って美桜に話しかけようとするも、うまくいかない。何かが嚙《か》み合っていなかった。

翔太《しょうた》もなんとかしたい気持ちはあるもの、どうすればいいかわからず、ソファーでスマホを弄りながら苦虫を嚙み潰《つぶ》したような顔をするのみ。

もどかしい空気が横たわっている。

すると、背後から虎哲《こてつ》に声を掛けられた。

「翔太、ちょっと」

どこか参った様子の虎哲は美桜と英梨花へ視線を移したあと、ドアの前で手招きする。

意図を察した翔太は表情を歪《ゆが》めつつ、一緒に廊下に出て玄関の方へ。

虎哲はリビングの方を気にしながら、小声で訊ねた。

「昨日帰ってきてからずっとあの調子だけど、美桜と英梨花ちゃんに何かあったのか？」

翔太は眉間《みけん》に皺《しわ》を寄せ、一瞬の躊躇《ためら》いの後、少し言い辛そうに話す。

「英梨花が美桜の誕生日を祝いたいって言いだして、それで」

「あ～、あー……地雷踏んじゃったわけか。英梨花ちゃんも、純粋な気持ちから言ったんだろうしなぁ」

「美桜だってそれはわかってるみたいだけど、まぁ……」

「う～ん、美桜の気持ちもわからなくはないんだけど……」

互いにほとほと困った顔をする翔太と虎哲。

特に誰が悪いというものじゃないのだろう。

それゆえに、どうしていいかわからなくて。

やがて虎哲は大きなため息を吐いた後、トンッと翔太の肩を叩く。

「一応、美桜の方は今日外に出ている時にオレからフォロー入れとくから。だから翔太、英梨花ちゃんの方は頼んだぞ」

「てっちゃん……」

「いい機会だし、英梨花ちゃんにも話しておいた方がいいだろ」

「そう、だな。そうかも。……わかった」

何とも難しい顔を返す翔太。

虎哲はそんな顔をするなよと苦笑い。

そこへいつの間にかやってきていた美桜が、虎哲へと声を掛けた。

「兄貴、あたしはもういつでも出られるから」

「おぅ……………うん？」

美桜はまだゴールデンウィーク中だというのに、制服姿だった。

当惑した声を零す虎哲。

すると美桜は何かを取り繕うような笑みを作り、答える。

「ほら、高校生になったって報告したいから」

「あぁ、そっか。よし、じゃあオレもさっさと準備してくるよ」

そう言って虎哲は客間へ戻っていく。

図らずも美桜と２人きりになる翔太。

「…………」

「…………」

どこか歯痒《はがゆ》い沈黙が流れる。

翔太は困った顔で頬を掻《か》き、リビングに戻ろうとした時、ふいに袖《そで》を掴《つか》まれた。

「美桜？」

「……ぁ」

美桜は迷子のような顔をしており、まるで縋《すが》りついてくるかのようだった。声を掛けると美桜はそこで初めて自分が翔太を掴んでいたことに気付き、驚いて声を上げる。

気まずそうに目を泳がせることしばし、やがてたどたどしく言葉を紡ぐ。

「その、雨降っちゃってるね」

「せっかくのゴールデンウィークなのに、気が滅入っちゃうな。傘もいるだろうし」

「うん。………えっと、夕方までには帰ってきて、ご飯作るから。お昼は……」

「インスタントか何かで適当に済ますよ」

「そっか。何かあったらメッセージ送るから」

「わかった」

そんな取り留めのない会話を、何ともいえない苦笑と共に交わす。

すると準備を終えたらしい虎哲が、ドタバタと客間からやってきた。

「こっちも準備できたぞ。んじゃ、さっさと行ってくっか」

「うん」

そこへ玄関での騒ぎを聞きつけた英梨花が、何事かと思ってやってくる。

「あれ、こんな雨なのにどこか出掛けるの？　それにみーちゃん制服……？」

翔太たちは顔を見合わせ、そして虎哲が少し言いにくそうに口を開く。

「その、今からおふくろの墓参り。今日、命日なんだ」

「…………ぇ」

命日。

その言葉を受け、英梨花は大きく目を見開く。口からは思わず狼狽《うろた》えた声を漏らす。

固まってしまっている英梨花に、美桜は靴を履きながら硬い声色で告げる。

「そういうわけだから、ちょっと出掛けてくる」

「…………ぁ」

掛ける言葉もなく、家を出て行く2人をその場で見送る翔太と英梨花。

バタンと、それぞれを隔てるかのように扉が閉まる。

翔太は未だに呆然《ぼうぜん》としている妹に、言い含めるようにして口を開く。

「おばさんが亡くなったの、美桜の誕生日と同じ日だったんだ。だからそれ以来どうしても、誕生日を祝う気になれないって言われてさ」

「……っ、そう、だったんだ」

◇◆◇

県庁がある山の麓《ふもと》の駅まで電車で移動し、２時間に１本しか発着のないバスで東の山の中へと向かう。

バスの中には美桜と虎哲以外の姿はなかった。

山の中というだけあり、周囲に建物はなくひたすら木々のトンネルを潜っていく。まるで森の中を走っているかのよう。

雨風のせいもあり視界は悪く、窓から見える景色は代わり映えせず、ひどく退屈だ。だけど、この道を通るたびに嫌でも母のことが思い起こされる。

「……」

「……」

美桜と虎哲の間に会話はなかった。

虎哲は無表情で窓の外を眺めている。母のことを思っているのだろうか。

だからというわけじゃないが、天気のせいもあり、どこか物寂しく陰鬱《いんうつ》な空気が広がっていた。

そしてバスに揺られること1時間と少し。

やがて少し開けた場所へと出た。

四方を山に囲まれこぢんまりとした盆地の至るところに、田畑が広がっている。

まばらに存在する家屋の他は、小さな神社と農業関連の施設がいくつかあるだけの、ろくに買い物をする場所もないような、うらぶれた辺鄙《へんぴ》な山里だ。ぽつねんと存在している郵便局が、かろうじて外界と繋がっていることを示しているかのよう。

今でこそすっかり過疎が進んでいるものの、昔は旧街道の途中にあり、戦前まではそこそこ栄えていたらしい。

バス停で降り、帰りの時間を確認してから、南の方へと足を向ける。

雨は葛城《かつらぎ》家を出た時よりも、強くなっていた。

ろくに舗装されていない地面はすっかりぬかるんでおり、跳ね返る雨が足元を叩き、靴下はすぐさまびしょ濡《ぬ》れになって眉《まゆ》を顰《ひそ》める。

歩くこと20分。

山を少し入ったところにある、この集落の共同墓地に五條家の墓があった。

「…………ぁ」

1年ぶりに訪れた母の眠る場所を見て、思わず猜疑《さいぎ》交じりの声を上げる美桜。

虎哲はただ淡々と、目に映る事実を口にする。

「花、まだ新しいな。親父たち、来てたのか」

「そう、みたい。あたしらが持ってきた花、どうしよ」

「うーん、どっちも捨てるのはもったいないな。一緒に入れちまうか？　ちょっとそれ、貸してくれ」

「はい。けど、さすがに見るからに2束分は厳しそうじゃない？」

虎哲は無理矢理花筒に入れようと努力してみるも、さすがに入りそうにない。

1つの花筒には1束が限度。それ以上は溢《あふ》れてしまう。当然といえば当然のこと。

困った顔を見合わせる美桜と虎哲。

「さすがに無理か。しょうがない。それぞれ半分ずつって感じにさせてもらうか」

「……そうだね」

美桜は両手で作業する兄へと傘を傾けながら、ぼんやりと墓を眺める。

父が来た、ということは継母も来たのだろうか。

彼女のことを思い返す。

父とは一回り歳が離れており、元々は部下だったらしいが、今では出世して別の部署の同役になっているという。生真面目で物静か、礼儀正しく、そして綺麗《きれい》な人だった。

美桜の目から見ても凛《りん》として仕事も尊敬できる女性で、どん底にまで落ち込んでいた父を立ち直らせてくれた恩人ともいえる相手でもあり、そして五條家の在り方を変えてしまった人でもある。そして美桜が取り戻そうとしてしたことができず、己の無力を痛感させられた人でもあった。

「よし、できたぞ。線香は……この雨じゃさすがにダメか」

「そうだね、まぁ仕方ないよ」

虎哲に言われ、傘を差したまま手を合わす。

ここに来る度、嫌でも思い知らされる。

母は、もういない。

そして当時感じた胸が張り裂けそうな悲しみと喪失感が、随分と薄まってきているということも。

(お母、さん……)

まるで母のことを忘れていくかのように思えてしまい、だから美桜は、そんな風に変わっていく自分が許せなかった。

美桜は自らを戒めるかのように、もしくは懺悔《ざんげ》をするかのように手を合わせる。

そして母に報告すべく、この1年にあったことを思い返す。

思えば大きな変化が色々とあった。
受験や翔太の怪我、英梨花との再会に葛城家での同居。
しかしやはり最初に言うべきことは、高校に入学したことだろうか。
高校生ともなれば、できるようになることが格段に増える。
バイトにバイクや原付の免許、それにもう義務教育じゃない。
母が亡くなった小さく幼い頃とは何もかもが違い、もう子供とは言えないだろう。
そんな今の美桜の姿を見れば、母は何と言うだろうか？
（…………）
想像してみるも、上手く思い描けなかった。
もうそれだけ、母が居ないことが日常になってしまっているのだ。
人は変わる。変わっていく。
それはごく自然なことで、当たり前のこと。
いつまでも過去に囚われていてはダメだと、頭ではわかっている。
だけど釈然としないものが胸にわだかまっていて、くしゃりと顔を歪《ゆが》める美桜。
「っし、そろそろ帰るか」
「……うん」
やがて虎哲が顔を上げた。美桜と違い、虎哲の顔には陰りがない。

その虎哲は湿っぽい表情をした妹に、いつものことかと苦笑する。

来た道を引き返す。

天気は小雨になっていた。

虎哲は傘から手のひらを出しながら空を睨《にら》みつつ、なんてことない風に話す。

「さっきまでは強かったのに、今は傘いるか微妙になってきたな」

「……降るのか降らないのか、どっちかにしてほしいね」

「けど、南の方でゴロゴロ言ってるし、また大雨が来るかも」

「雨、やだなぁ。兄貴、来年は車で来ようよ」

「はは、そうだな。そうしよう」

そんなたわいない軽口を叩《たた》けば、幾分か表情も柔らかくなる。

空気が緩むのを察した虎哲は、しかし今度は言いにくそうに口を開く。

「なぁその美桜、英梨花ちゃんのことだけど……」

「あー……」

やはり、と思う美桜。

自分でも英梨花に対し、あからさまな態度を取っている自覚はあった。

しかも英梨花に悪気はなく、純粋に美桜を祝いたいという好意からきているのもわかっている。ただ、自分の哀惜からくる感傷で振り回しているだけ。

我儘《わがまま》と言われても仕方がない。

虎哲が気にして聞いてくるのも当然だろう。

もしかしたら翔太から頼まれているのかもしれない。

美桜は言葉を詰まらせる。

まじまじと探るように見つめてくる虎哲。その瞳《ひとみ》は心配そうに揺れており、美桜を案じていることがありありとわかる。わかってしまう。美桜もなんだかんだ兄にそんな目をされると、弱い。

やがて美桜は観念したかのように、「はぁ」と大きなため息を零し、ここのところ胸に生じていた自らの心の脆《もろ》い部分を晒《さら》す。

「再会したばかりの頃のえりちゃんってさ、かつて以上に人見知りになっちゃってて学校じゃあたしかしょーちゃんくらいしか話す相手がいなかったんだ。家事の手つきだって危ういしさ、料理だってお湯を注ぐかレンジでチンくらいしかできないし、こりゃあたしがちゃんと面倒見て守ってあげなきゃって思ったんだよね」

「……昔みたいに？」

「うん、昔みたいに。だけどここ最近のえりちゃんって、ものすごく頑張ってるんだよね。苦手な接客のバイトもこなしてどんどん人と話せるようになって、学校でも友達ができて……それに、お好み焼きまで作っちゃうし」

「まぁ形はともかく、味はちゃんとお好み焼きだったな」

「そう。しかもえりちゃんって見た目があれだけ美人でオシャレとかも詳しくて、だからついつい思っちゃったんだ。――あたしの居場所、取らないでーって」

「美桜……」

いざ言葉にしてみると、なんとも幼稚で、醜い嫉妬《しっと》からくるものだった。これの一体どこが妹を守ろうという、姉貴分の姿だろうか。

どんどん自分が情けなくなってくる。

だけどそれは、美桜にとって譲れない部分でもあった。

家事は分担しているものの、それでも料理は美桜しかできない独壇場のまま。

だから美桜にとってのアイデンティティとさえ思っていたのだがしかし、成長著しい英梨花が自らの存在意義を奪っていくように思えてしまって。

虎哲は眉間《みけん》に深く皺《しわ》を刻んでいた。何か言葉を真剣に探しているようだ。

叱責の言葉だろうか？

それとも慰めの言葉？

しかし重々しく開いた虎哲の口からは、予想外の言葉が飛び出した。

「英梨花ちゃんもさ、今必死に自分の居場所を作ろうとしているんじゃないか？　かつての美桜と、同じように」

「…………え？」

ぴしゃりと衝撃を受け、思わず足を止めてしまう。

英梨花の居場所。

考えもしなかった。

英梨花は翔太の妹だ。両親だっていて、確固たる場所がある。

それなのに、何故？

美桜が釈然としない顔をしていると、虎哲は苦笑と共に理由を話す。

「英梨花ちゃんがいなくなった時の翔太の傍には美桜が、おふくろが亡くなった時の美桜の傍には翔太がいた。お互い、ぽっかり空いてしまった家族の穴を埋めてくれる相手がいた。だけど、英梨花ちゃんには誰かいたか？　……ずっと1人だったんだよ。そりゃ、今の居場所を作ろうと頑張りもするさ」

「あ……」

虎哲に言われ、初めて気付く。

再会してすぐ、かつてと同じ位置に自然と収まっていたので、考えもしなかった。

当たり前ながら、昔と今は違う。

翔太とは家庭環境もあってずっと傍に居て、互いに様々なことを知り尽くし、それこそ家族同然に育ち、積み上げてきたものがある。

しかし英梨花には、それがない。

きっと英梨花はそんな翔太と美桜の輪の中に入ろうと、ちゃんと対等な一員になろうと、歩み寄ろうとしてくれているのではないだろうか。誕生日をきちんと祝いたいだなんて、その最たるものではないか。

だけど美桜は拒絶した。英梨花が必死に伸ばしてきた手を、撥ねのけてしまった。

あぁ、英梨花はそのことを一体どう受け止めたのだろう。

想像しただけで胸がキュッと締め付けられる。

美桜は後悔交じりの狼狽《うろた》えた声で、虎哲に縋《すが》るように言う。

「兄貴、どうしよあたし……」

「大丈夫だって、心配すんな。英梨花ちゃん、別に怒ってなかったし、何か話そうとしてくれてただろ？」

「う、うん……」

「ならとっとと帰って謝ろうぜ？　何ならオレも一緒に頭下げるからさ。まぁその前に、まだバスの時間まで結構あるな。ちょいと歩くけど、近くの道の駅に行って、甘いものでも食ってくか？」

「……ん、兄貴の奢《おご》りなら」

「はは、あまり高いのは勘弁しろよ」

「ちょ、兄貴っ！」

そう答えると虎哲はにかっと笑い、くしゃりと美桜の頭を掻《か》き混ぜる。

内心せっかくセットしたのにと悪態を吐きつつも、しかし虎哲のおかげで心が随分と軽くなっていることに気付く。

そして美桜は何を食べようか考えながら目の前を歩く兄の背を見て、つい思ったことを呟《つぶや》いた。

「兄貴ってさ、兄貴だよね」

「どうした、急に？」

「ううん、なんでも」

不思議そうに振り返った虎哲に、美桜はいつも通りの笑顔を返すのだった。

第8話　葛城兄妹

美桜《みお》と虎哲《こてつ》が墓参りに出掛けた後も、雨は降り続いていた。
空はどんどん厚く濃い黒を滲《にじ》ませていき、昼間だというのに室内は灯かりが必要なほど暗い。
翔太《しょうた》は自室のベッドに寝転びながらスマホを眺め、苦笑していた。
《大型連休で、身体を鈍らせないようにしよう》
《今日は雨だけど、室内でも簡単にできるトレーニングがある》
《やはり足腰を鍛えるならスクワット、カーフレイズ。家でもお手軽だ》
《体幹を鍛えるのに、プランクもいい。やり方も簡単だ》
《朝食はぜひ食べてほしい。卵でタンパク質を》
《空腹時にトレーニングをすると、筋肉が分解されエネルギーになるので注意》
全て翔太のクラスグループに送られてきた、北村《きたむら》からの体育祭に向けてのトレーニング指南だ。

まったくもって生真面目な北村らしいお節介だなと思いつつも、各所で美脚効果、スタイルアップという単語を見れば食いつく女子も多く、会話は思いの外賑《にぎ》わっている。

しかし会話に気乗りがしない翔太はスマホを脇に置き、ふぅ、と大きなため息を吐く。

天気同様、家の中の空気はどこかどんよりとしている。

ちらりと壁越しに英梨花《えりか》の部屋を窺《うかが》う。気配はするものの、静かなものだ。

あの後、美桜が誕生日を祝いたがらない理由と共に、母の死で暗く淀《よど》んでしまった家の空気を、母の代わりになれば元に戻れると信じ、家事や料理を頑張りだしたことを説明した。そして頑張り過ぎて、倒れてしまったことも。

いつもは明るく調子のいい美桜の、隠された裏の顔とでも言うべき部分。

その話を聞いた英梨花は強く唇を結んで俯《うつむ》き、言葉がないようだった。

翔太だって美桜が倒れた時の悲愴《ひそう》感と無力を嘆いて泣きじゃくる姿を、これからも忘れられそうにない。

「……うん？」

その時スマホが着信を告げた。

画面には美桜の名前が躍っており、すかさず通話をタップすれば、少し焦りを含んだ困った感じの声が聞こえてくる。

『しょーちゃん？　実はこの雨で土砂崩《くず》れと事故が起きたみたいでさ、交通規制がしかれて足止めくらっちゃってるんだ』

「え、それは……大丈夫なのか？」

『うーん、どうだろ。あたしらも休憩で立ち寄った道の駅で話を聞いたばっかだし。とりあえず復旧に向けて動いているみたいだけど、いつ帰れるかはわかんないや』

「マジか。今日中に帰ってこられないとかは……」

『それは大丈夫。最悪遠回りになるけど、タクシー呼ぶって手もあるから』

「ってそれ、一体いくらかかるんだよ」

『あはは、だから最終手段。また何かあれば知らせるね』

「あぁ、わかった」

そう言って通話が切れる。

どうやらよくないこと、というのは重なるらしい。眉《まゆ》を顰《ひそ》める翔太。

するとその時、部屋にノック音が響いた。

「……兄さん？」

英梨花がドア越しに、遠慮がちに訊《たず》ねてくる。

きっと通話の声が漏れていて、気になったのだろう。

立ち上がってドアを開けると、胸に片手を当てた英梨花が心配そうに顔を覗《のぞ》き込んでくる。翔太は苦笑と共に先ほどの通話の内容を話す。

「美桜たち土砂崩れにあって足止めをくらってるらしく、帰るの遅れるって」

「え？」

翔太の言葉に驚き、瞳《ひとみ》を揺らす英梨花。

「大丈夫。本人たちは近くの道の駅にいるみたいだし、それにてっちゃんも一緒だから」

「……そぅ」

「また何かあれば連絡するってさ」

「うん」

だから心配するなと、にこりと笑いかける翔太。

英梨花もぎこちない笑みを返し、自分の部屋に戻ろうと踵《きびす》を返す。

するとその時、窓の外をピカリと雷光が駆け抜けた。

そして少し遅れて、腹の底から響くような轟音《ごうおん》。

「わっ！」「っ！」

大きな雷だった。もしかしたら近くに落ちたのかもしれない。

それを証明するかのように次の瞬間、今度はプツリと電気が消えた。

「――やっ！」

英梨花は暗くなった廊下に悲鳴のような叫びを響かせ、腰が抜けたようにへたり込む。

青褪《ざ》めた顔で肩を震わせ、自らを掻き抱《いだ》いている。

雷が苦手なのだろうか？

翔太は英梨花の反応に驚きつつも、心配そうに声を掛けた。

「おい、大丈夫か？」

「にぃに…………にぃに！」

「っ、英梨花⁉」

するると英梨花は顔を上げて翔太の顔を見た瞬間、幼い頃の呼び方で顔をくしゃくしゃにして、ものすごい勢いでしがみついてきた。

廊下に押し倒される形になる翔太。

予想外の妹の行動に驚きつつも、英梨花の柔らかな肢体を押し付けられ、少女の甘い香りが鼻腔《びこう》を擽れば、色んな意味で混乱してしまうというもの。

英梨花は翔太の目から見ても、魅力的な女の子だ。

普段しきりに兄であろうと戒めているものの、義理の関係。血縁も薄く、遺伝子を混ぜ合わせることに何の問題もないという事実から、不埒《ふらち》なことを考えてしまう。至近距離の唇から漏れ聞こえる息遣いがキスを思い起こさせるから、なおさら。不謹慎とわかっていても心臓はドキリと跳ね、血が集まるのを自覚する。

「〜〜〜〜っ！」

するとその時、空はまたも光って低い唸《うな》り声を上げ、英梨花は声にならない悲鳴と共により一層、強くしがみついてきた。

翔太はハッと息を呑《の》み、そこで初めて英梨花の身体が震えていることに気付く。

いくら雷が苦手とはいえ、これは異常だ。

少なくとも演技で出来るものじゃない。

どういうことかわからないが、英梨花は本気で雷に怯《おび》え、何かを恐れていた。

頭はスッと冷えていく。

代わりにかつて誓ったことを思い出し、ぎゅっと英梨花を抱きしめ、安心させるためにかつてと同じように優しく頭を撫《な》で、囁《ささや》いた。

「大丈夫、英梨花は俺が守るから」

「にぃ、に……」

幼子をあやすように撫で続けることしばし。

やがて英梨花は安心したのか強張っていた身体の力を抜き、そして甘えるようにおでこをすりすりと擦りつけてくる。

なんとも懐かしい気持ちになり、頬を緩ませる翔太。小さい頃、英梨花がその髪や容姿のことでイジメられた時も、よく今みたいに慰めたものだ。

こうして抱きしめていると、英梨花の華奢《きゃしゃ》な体つきがよくわかる。

再会した時は、ドキリとしてしまうほど大人びた姿になっていた。

そして最近はバイトを始めたり、クラスメイトと話すようになったり、お好み焼きを作ってみたり、成長と変化が著しい。

だけどやはり、まだまだ庇護《ひご》が必要な女の子なのだ。妹なのだ。

だから今、色んなことに頑張っている妹に負けないよう、翔太も前に進まねばと気持ちを新たにする。

停電は一時的なものだったのだろう。

さほど間を置かずして復旧し、灯かりが戻った。

それでも翔太はこのまま英梨花を甘やかし続ける。

やがて英梨花は落ち着いたのか翔太に抱き着いたまま身動ぎし、低い唸り声を上げ、気恥ずかしそうに呟く。

「うぅ、最悪。兄さんにこんな情けない姿、見られたくなかったのに」

「さすがに俺もびっくりしたよ」

「これぱっかりは、自分でもどうにもできないことだから……」

ひどく後悔の色を滲ませた声だった。

やはり先ほどのことは、英梨花自身でもどうしようもないらしい。

どうしてかはわからない。ただ、尋常じゃない様子だった。何か英梨花にあのようにさせるような出来事が、離れていた空白の時間にあったのだろうか。

どちらにせよそれは、英梨花の繊細な部分だろう。訊ねることに戸惑いと躊躇《ためら》いがある。

だけど、今の英梨花についてあまりに知らないことが多い。

それに英梨花は妹《家族》なのだ。

兄として英梨花のことを知り、理解して怯えているものから守りたいという使命感にも似た想いに突き動かされ、翔太は一歩踏み込んだ。

「英梨花、雷がその、苦手なのか？」

「…………」

「言いにくいことかもしれないけど、教えて欲しい」

「…………雷だけ、なら大丈夫なんだけど」

「雷だけなら？」

なんとも要領の得ない返事に、首を傾げる翔太。

思い返してみても先ほどの英梨花の異変のきっかけは、落雷だったはず。

すると英梨花は顔を上げ、眉を寄せて見つめてくる。その瞳を葛藤《かっとう》で揺らし、やがて自《じ》嘲《ちょう》の笑みを浮かべて自らの心の脆《もろ》い部分を話す。

「この家の本当の子じゃないと知らされ、兄さんと離れ離れになった時も、今日みたいに雨で雷が鳴る、真っ暗な部屋だったんだ」

「……ぁ」

「だからどうしても雨と暗がりと雷が重なっちゃうと、その日のことを思い出して……自分はこの家でも異物で1人ぼっちだと思い知らされちゃって……」

「英梨、花……」

翔太はすぐさま掛けるべき言葉が見つからなかった。

英梨花にとって根の深い問題だ。トラウマになるのもわかる。

それに本当の兄妹《きょうだい》ではないのは、覆しようのない事実。

それでも翔太はくしゃりと顔を歪める英梨花に、なんとか大切に思っていることを伝えようとして、ありのままの心を口にした。

「じゃあこれからは英梨花を決して離さず、1人にしないようにするから」

「兄、さん……？」

翔太の言葉で目を丸くし、ぱちくりとさせる英梨花。

しばし見つめ合う葛城《かつらぎ》兄妹。

そして驚きつつも口に手を当ててくすりと笑い、可笑《おか》しそうに言う。

「それ、なんだかプロポーズみたいに聞こえるね」

「いっ⁉　いやその、もう昔と違って子供じゃないからさ、何があってもなんとかするっていう意思表明というか……」

「ふふっ、わかってる。でもそうやって妹を口説いてどうするの？」

「うぐ……あー、もうっ！」

英梨花に揶揄われて初めて、随分と気障で大胆なことを言ったと気付く翔太。

しかし、今更言い直すこともできない。遅れてやってきた照れを誤魔化すように、熱くなった頭を掻《か》く。

とはいえ、知らなかった英梨花のことを1つ知れたのだ。それに塞翁《さいおう》が馬《うま》ではないが、美桜のことで沈んでいた英梨花もすっかり機嫌を直している。

翔太は結果としては良かったなと、胸を撫で下ろす。

窓から聞こえる雨音は少し弱くなっていた。

どこか柔らかな空気が流れ、いつもの日常へと戻っていく。

すると途端に、今の英梨花と密着している体勢が気になってくる。

英梨花がどうであれ、魅力的な女の子だということに変わりがない。

しかも今は家に美桜も虎哲もおらず、2人きりなのだ。またも不埒なことを考えないようにと居住まいを正し立ち上がり、英梨花に手を差し伸べる。

英梨花は翔太の手を摑《つか》んで立ち上がりながら、しみじみと言う。

「不思議だね、兄さんって」

「不思議って、なにが？」

「兄さんに話を聞いてもらっただけなのに、すっごく気が楽になっちゃった。今ならまた雷が落ちて停電になったとしても、大丈夫かも。もしかして兄さんの身体から何かリラックスさせる成分が出てるのかな？」

「おいおい」

そう言って英梨花は翔太の首筋に顔を寄せ、ふんふんと鼻を鳴らし、「ふぅ、落ち着く」と言って悪戯《いたずら》っぽく笑う。

端整な顔を無防備に近付けられれば、胸が騒めき困ってしまうものの、先ほどの今で遠ざけることは気が咎《とが》めてしまう。

それにこうして頼られ甘えられるのも悪くないと思ってしまうのだから、質《たち》が悪い。

するとその時、英梨花が何かに気付き、訊《たず》ねてきた。

「兄さん、左手のそれって……」

「っ！　あぁこれ。去年ちょっとした不注意でやらかしちゃってな」

翔太は左手首にある縫い合わせた傷痕《きずあと》を右手で隠すかのように覆い、しかし努めてなんてことない風に話す。

とあることで負った怪我だが、もう既に完治している。別に隠すようなことではないと思うものの、だけどこの怪我に至った経緯を考えるとズキリと胸が痛み、口も重くなってしまう。

幸いにして英梨花は「ふぅん、そっか」と答え、特に気にする様子はなかった。

そしてそれよりもと、真剣な眼差しで口を開く。

「みーちゃんも私みたいに過去に囚われているんだよね。そして兄さんでも、そのことをどうすることもできなかった」

「それは耳が痛い。けど事実だ」

英梨花の言う通りだった。

小さい頃からよく面倒を見てくれた美桜の母親が亡くなったことは、翔太にとっても悲しく寂しいことだ。しかし自分の母が、家族が亡くなったわけじゃない。

だから美桜の気持ちを本当の意味で理解できないと思い、ずっと傍で見てきたにもかかわらず必要以上に触れないよう、見て見ぬふりをしてきた。

もちろん、なんとかしたいという気持ちはある。

だけど、どうしていいかわからないというのが本音だ。

「私やっぱりみーちゃんの誕生日、祝いたい。みーちゃんだけじゃなく、兄さんのも」

「いやでも、それは……」

「私はっ！　……私は誕生日なのに悲しい思いをして欲しくない。生まれてきてくれてありがとうって、出会ってくれてありがとうってお祝いしたい。だってみーちゃんも、兄さんと同じ家族みたいな人なんだから」

「っ、英梨花……」

ガツンと、頭を殴られたかのような衝撃が走った。

ともすればただの自分勝手とも受け取れる。だけどそれは先ほど英梨花が自分の過去と向き合ったからこその、心からの言葉だった。

ハッと息を呑《の》み、瞠目《どうもく》する翔太。

英梨花は意志の強い、射貫くような視線でこちらを捉《とら》え、問いかけてくる。

「兄さんはみーちゃんの誕生日、祝いたくないの？」

「そりゃ祝いたいさ！　……ぁ」

「ふふっ」

無意識のうちに語気も強く飛び出したその返事は、翔太の偽らざる気持ちだった。

咄嗟《とっさ》のことに翔太が愕然《がくぜん》とした表情になるものの、その顔を見た英梨花はクスリと笑い、手を差し出しながら言う。

「なら祝おうよ。私、是非みーちゃんと兄さんに贈りたいプレゼントがあるんだ。あ、まだ郡山モールやってるかな？　買いに行こうよ！」

「……あぁ、そうだな」

目を瞬かせたのち、頬を緩ませる翔太。

そして英梨花の手を摑み、笑顔で答える。

窓の外には弱々しいながらも、少し陽が差していた。

第9話 ここが私の帰る場所

幸いにして交通規制は数時間で解除された。

美桜《みお》は翔太《しょうた》にもその旨をメッセージで伝えると共に、多少遅くはなるものの夕ご飯は手早く鍋《なべ》にするから材料を用意しておいてと、買い物リストを送った。

昼下がりには帰る予定だったので、随分と遅くなったものだ。それでもちゃんと帰れるだけ幸運といえようか。

バスの窓から見える陽はすっかり傾き、雨も上がっていた。

空の不純物を洗い流したおかげで西の空と山は随分と鮮やかな茜色《あかねいろ》をしており、郷愁を誘う。それはきっと、母の墓参りをした後だということもあるのだろう。

「……はぁ」

知らず、ため息が漏れる。

母の命日が近く周りが見えてなかったとはいえ、自分が英梨花《えりか》にしたことを思い返せば、やはり気が重い。

自分だけが母を、家族を失ったと思い込んでいた。

そして、その悲しみや傷は、他の人にはわからないだろうとも。

見方を変えれば、英梨花もまた理不尽な大人の都合で家族を失っていたのだ。あのずっと背中をちょこちょこと追いかけてきた、泣き虫で甘えん坊の、小さい英梨花が。

頼る相手も取り上げられ、１人ぼっちにされた当時の英梨花のショックは、一体いかほどのものか。

あぁ、だから英梨花は必死だったのだ。

自分がいなかった時間の空白を埋めようとして、以前より仲を深めようとした。奇跡的に取り戻したものを、再度手放さぬように。

「あたし、知らないうちにえりちゃんに甘えてたのかなぁ」

「いきなりどうした、美桜？」

「結局えりちゃんなら昔みたいに何も言わなくても、その辺なんとなくわかってくれるはずって思っててさ。よくよく考えたら、まだ再会して１ヶ月とちょっとなんだよね」

「ははっ、なーんだ。それをいうならオレからは英梨花ちゃんも美桜に甘えてるように見えたぞ」

「……そうかな？」

「そうだよ。でも、言葉にしないと伝わらないものがあるからな、そこはちゃんと言った方がいい。大丈夫、英梨花ちゃんの方は翔太がなんとかしてくれてるさ」

「それもそっか。しょーちゃんがえりちゃんを放っておくわけないか」

「だろ？」

「うん」

小さく笑う五條兄妹《ごじょうきょうだい》。

虎哲《こてつ》と話し、少しばかり気も楽になる。

英梨花の傍には翔太がいるのだ。きっと翔太なら虎哲の言う通り、英梨花に何かしらフォローをいれていることだろう。そんな確信があった。

それこそ翔太にも甘えていると気付き、フッと呆《あき》れたため息を零す美桜。

バスと電車は夕陽を追いかけていく。

葛城《かつらぎ》家の最寄り駅に着いた頃には、辺りはすっかり暗くなっていた。

気持ち早足気味で見慣れた道を歩きながら、美桜は帰宅してからのことを思い巡らす。

まずは英梨花に謝るべきか。謝るなら何て言葉を掛ければいいだろう？　いや、英梨花は脈絡もなく頭を下げられると混乱するかもしれない。タイミングも重要だ。それに結構遅くなってしまったから、お腹を空かせているだろう。まずは夕飯にした方がいいかも。鍋だからまずはちゃっちゃと白菜とネギを鍋に放り込んで火にかけ、煮立つ間にキノコや豆腐を切って等々、思考は中々纏《まと》まらない。

やがて葛城家が見えてきた。

そこで美桜は足を止め、ゴクリと喉《のど》を鳴らし、表情を強張らせる。

すると虎哲がポンッと背中を叩《たた》いた。

美桜は振り返り、虎哲に苦笑を返してドアノブに手をかけ、そして不思議そうな声を上げた。

「……あれ？」

「どうした？」

「いや、鍵《かぎ》が……」

珍しいことに玄関には鍵が掛かっていた。外から見てもリビングには灯かりが点いており、ドタバタと物音がするから中にいることはわかる。

帰る旨は伝えているし、施錠にはまだ早い時間なのに、と訝《いぶか》しく思いながらも合鍵《あいかぎ》を取り出し玄関を開けた。

「ただい――わ!?」

家の中へと入った瞬間、パァンッ！　と軽快な音が飛び出し、目を丸くする。

目の前にはクラッカーを打ち鳴らして出迎える翔太と英梨花。2人とも顔を見合わせて、驚く美桜にしてやったりとほくそ笑む。そしてわけがわからず玄関で立ち尽くしたままの美桜に、葛城兄妹は満面の笑みと共に祝いの言葉を述べた。

「『誕生日おめでとう、美桜（みーちゃん）！』」

「…………え？」

◇◆◇

美桜は一体何が起こったのかわけがわからないという顔をしていた。

まさかいきなり誕生日を祝われるとは思ってもみなかったのだろう。英梨花とは昨日の件でギクシャクしていたはずだし、翔太はずっと祝っていなかったわけを知っているはず。それなのに何故、と。

翔太にとってもこれは、ある種の賭《か》けだった。

幸いにして今のところ、美桜に忌避の色は見られない。

虎哲と目が合うと、親指を立てながらニッと笑みを返される。どうやら兄貴分から間違ってはいないとお墨付きをもらえ、ホッと胸を撫《な》で下《お》ろす。

「みーちゃん、お腹空いちゃった！　ごはんにしよ？」

「え、ぁ」

そう言って英梨花は嬉々《きき》として、困惑する美桜の手を引きリビングへ。翔太と虎哲もすかさず後に続く。

されるがままの美桜はダイニングテーブルの上にある準備万端のお鍋一式と、その隣のとあるものを見て、更に目を見張った。

「これって……」

「誕生日ケーキ焼いてみたの！」

「鍋の用意もしたけど、そっちは火加減とかわからないから具材切っただけだけどな」

いつも美桜が座る席の前にはミルフィーユ状にお好み焼きを重ね、マヨネーズや青のり、かつおぶしを駆使してケーキのようにデコレーションしたものが鎮座していた。中央にはソースで『Happy Birthday』の文字がある。

目を瞬かせる美桜に、少しばかり気恥ずかしそうな英梨花と翔太。

そして虎哲はといえば、声を上げて手を打ち、呵呵《かか》大笑。

「ははっ、こりゃいいや。お好み焼きだけど、確かに誕生日ケーキだな！」

「ん、私それしか作れないから」

「てっちゃんの土産の、たこ焼きにしか見えないシュークリームを参考にしたんだよ」

「ちなみにマヨネーズが山盛りになってるとこは兄さんの御所望」

「翔太、お前相変わらずマヨラーなのな」

「見てるだけで、ちょっと胸焼け……」

「……いいだろ、別に。好きなんだから」

そんな軽口を叩き合い、虎哲を中心に笑いが広がっていく。

当の美桜本人はというと、未だどうしていいかわからないといった顔をしている。

英梨花はラッピングされた袋を取り出し、そんな美桜に手に取らせた。

美桜は袋と英梨花の顔を交互に見やり、まごついている。

すると虎哲がぽんっ、と美桜の肩を叩いた。

「美桜、開けてみろよ」

「うん。これって……」

中に入っていたのは、美桜の髪と似た毛並みの黒猫をモチーフにした可愛らしいキーホルダー。

「ちなみに俺のはこれだ」

「私のはこれ。みんなでお揃《そろ》い！」

そう言って翔太はサビ柄の猫のキーホルダーを、英梨花は以前再会した時にプレゼントした茶トラの猫のキーホルダーを取り出して掲げる。それぞれの髪の色が反映された、お揃いのデザインのものだ。

にこにこしている葛城兄妹を眺める美桜は、次第に眉《まゆ》を寄せて瞳《ひとみ》を揺らし、そして少し震えた声を零す。

「………どうして？」

やっとのことで美桜が絞り出したのは、そんなセリフだった。

もっともといえば、もっともな言葉だろう。説明が必要だ。

翔太は一度口を開きかけるも、しかしここはやはり自分よりも英梨花の方が適任だろうと思い、妹の背中を押す。

突然話を振られる形になった英梨花はこちらを振り返り、どう言えばいいのか口籠《ご》もる。

心のままを言えばいい――翔太がそんな思いを込めてにこりと頷《うなず》けば、英梨花もふっと頬を緩め頷き返し、美桜の目をジッと見据え胸に手を当てながら言う。

「私、みーちゃんのことが好き。今の家事や料理が得意で、世話焼きで明るくて可愛いみーちゃんが大好き。だからそんなみーちゃん生まれてきてくれてありがとうって、誕生日を祝いたい！」

「…………ぁ」

それはあまりにも真っ直ぐな、英梨花の心からの言葉だった。

翔太にとっても予想外で、だけどこれ以上の理由はない。

美桜の顔がくしゃりと歪《ゆが》む。

英梨花につられた翔太も、思わずといった風に言葉を繋《つな》げる。

「俺もさ、英梨花と同じ気持ちだよ。あぁ、多分だけどずっと祝いたかった。今年は色々あったし、節目というか、高校デビューして生まれ変わったことだしさ、今の美桜を祝お

「うぜ」

「しょー、ちゃん……」

英梨花と翔太の言葉を受け、みるみる瞳が潤む美桜。

やがて感極まったのか、美桜はぐしゃぐしゃになった顔を見られまいと自分より背の高い2人を抱き寄せ、そして心底大切なものを慈しむかのような声で叫んだ。

「あたしもっ、2人のことが大好きっ！」

「美桜」「みーちゃん」

美桜の行動に驚いたものの、顔を見合わせ抱きしめ返す翔太と英梨花。

虎哲は仲睦《なかむつ》まじい幼馴染《おさななじみ》3人組を微笑ましげに見守り、ひゅう、っと口笛を吹くのだった。


英梨花と美桜のわだかまりも解消し、鍋《なべ》ということもあって、夕食は和気藹々《わきあいあい》として随分騒がしいものになった。

美桜と虎哲の両鍋奉行が張り切ったこともあり、箸《はし》もよく進む。食後の英梨花特製の誕生日ケーキもぺろりと平らげる。

しかしいくらケーキを模しているとはいえ、中身はお好み焼き。さすがに皆、食べ過ぎてお腹を抱える羽目に。

翔太は自分の部屋のベッドで、しばらく動けないでいた。

やがてお腹も幾分か収まってきた頃、机の上に置かれた紙袋に目をやり、なんともむず痒《がゆ》そうな顔をする。

中身は昼過ぎ英梨花と一緒に郡山モールで買ってきた、美桜への誕生日プレゼント。

どうしてか、ここにきてまだ美桜に渡すことに躊躇《ためら》いがあった。

久しくこういうプレゼントなんてしてなかったし、またモノがモノだけに、なんだかやけに気恥ずかしい。

今年は自分の誕生日にも貰《もら》っていなかったので、見送ることも考えたが、英梨花からは必ず渡すよう念を押されている。

「……はぁ」

いつまでも先延ばしにするわけにもいかないだろう。どうせなら今日渡した方がいい。

覚悟を決めた翔太は立ち上がって紙袋を掴《つか》み、部屋を出る。

少し騒がしい胸を落ち着けようと深呼吸しながら階段を下り、リビングを覗《のぞ》けば、台所で洗い物をしている英梨花の後ろ姿のみ。他には誰もいない。

「英梨花、他の２人は？」

「みーちゃんも虎哲さんも、自分の部屋に戻ったよ」

「ふぅん」

疑問に思って訊《たず》ねれば、英梨花は背中越しに答えてくれる。なるべくそっけない風を装い、相槌《あいづち》を打つ翔太。

どうやら美桜は部屋で1人らしい。好都合といえた。

翔太は廊下に戻り、美桜の部屋の前へ。中からはごそごそと動く気配がする。

ふぅ、と小さく息を吐いて一拍置き、ノックと共に声をかけた。

「美桜、今ちょっといいか？」

「しょーちゃん、何ー？　今手が離せないから勝手に入ってきてよ」

「あぁ、実——って、バカ！」

「わ！」

そう促され、少しばかりの照れと共にドアを開け、すぐさま慌てて閉める翔太。

美桜は着替えの最中だった。

床には制服のスカートが広がり、丁度ブラウスを脱ごうとしていたところで、隙間からはいつぞや洗面所で見掛けた可愛らしいレースがあしらわれた淡いブルーの下着が見えている。美桜がいうところの勝負下着というやつだ。爽《さわ》やかで、活発な美桜によく似合っている。

ふいに今まで見たことのない幼馴染の異性としての姿に、翔太の胸は痛いぐらいに暴れ出す。顔が違う意味で赤くなってしまい、空いている方の手で目を覆いながら、ドアに向かって咎《とが》めるように叫ぶ。

「着替え中なら、そうだと言え！」

「いやぁ、ずっと制服のままだったからさ。それにしょーちゃんなら、今さら見られてもねぇ？」

「あのな……」

美桜のあっけらかんとした声が返ってきて、ため息を吐く翔太。

やがて着替え終えた美桜が「終わったよー」と言ってドアを開け、部屋に招き入れる。

いつものよれたシャツにスウェットという、よそ様にはあまりお見せ出来ない部屋着姿だ。

美桜は赤くなっている翔太の顔を見て、にんまりと口を三日月形に歪め、揶揄《からか》うように頬を突く。

「おやおやおや～、もしかしてあたしに照れちゃってる～？　エロいこととか考えちゃったりしたかな？　かな？」

「……はいはい、したした、しーちゃーいーまーしーたー。これでいいか？」

「ぶぅ、いきなり認めるのは往生際が良すぎて面白くないぞ、しょーちゃん」

「どうしろってんだ。というか、もう少し恥じらいを持てというか、さすがに着替え中は勘弁してくれ」

いつぞやはスポブラだからセーフと言っていたが、今回は完全にアウトだろう。

翔太がほとほと困った顔をしているのを見た美桜は、ちらりと舌先を見せて頬を掻《か》く。

「いやぁ、もう完全に自分の家にいる気になっちゃってて。うちじゃそういうの気にも留めなかったし。今日さ、えりちゃんからこの合鍵《あいかぎ》用のお揃いキーホルダーもらっちゃったから、余計にあたしも家族の一員になったって意識が強くなっちゃってさ」

少し照れ臭そうに言う美桜。

翔太もそう言われると弱い。

それに、きっと。

「英梨花はそれ、美桜のことを本気で家族だと思って、そのつもりで渡したと思うぞ」

「そうかな？」

英梨花は翔太とも血の繋がりが希薄なのだ。

だからこそ家族という枠組みで考えると、英梨花にとって美桜は、翔太とさほど差がないのかもしれない。

「あぁ、これからも一緒に暮らすんだし、目に見える形での繋がりが欲しかったんだと思う。ほら、今までずっと離れていたから……」

「そっか。そうだとしたら、すごく嬉《うれ》しい」

そう言って美桜はキーホルダーを取り出し胸に抱え、照れ臭そうに笑う。

どうしてかその顔は、先ほど見た下着姿よりも魅力的に思えてしまい、ドキリと胸が跳ねてしまう。翔太はそれを誤魔化すようにそっぽを向き、頬を掻く。

「ところでしょーちゃん、結局何しにきたの？」

「えっと、これを渡そうと思って。俺からの誕生日プレゼント」

「へ？　しょーちゃんからもあるの？」

「あぁ、英梨花からも、せっかくだからって強く言われてな」

翔太は紙袋を押し付けるようにして渡す。

受け取った美桜は驚きつつも中から出てきたものを見てぴしゃりと身体を固まらせた。

「これって……」

「なんていうか、それ、俺も美桜に似合うと思ったから」

「…………ぇ」

翔太が選んだプレゼントは、先日英梨花が似合いそうだと言っていた髪飾りだった。黒髪の美桜によく似合う、赤い花をあしらった可愛らしいものだ。

美桜は固まったまま、どんどん顔を赤く染め上げていく。

思えばこうした、女の子らしいものを美桜にあげたりするのは初めてだ。気恥ずかしさから頬が熱を持つのを自覚する。

互いにこういう時どう反応していいかわからず、むず痒い空気が流れる。やがてこの空気に耐えられなくなったのか、翔太は言い訳するかのように早口で言った。

「あーそれ、返品は受け付けないからな。俺が持っててもしょうがないし、気に入らないなら部屋のオブジェにでもしとけ。だから大人しくプレゼントされと――」

「っ！」

「――って痛っ……美桜⁉」

すると美桜が勢いよく抱き着いてきた。

突然のことで受け止めきれず、尻《しり》もちをついてしまう翔太。

押し付けられた英梨花とは違う柔らかな双丘に、胸が不規則に早鐘を打つ。

一体どういうつもりだと目を向ければ、当の美桜も自分のしたことがよくわかっていないようで、驚いた顔で目を回していた。そしてしどろもどろになりながら、頭の中を整理するかのように、思ったままの言葉を零す。

「そんなことしないから！　えっとね、最初は普通に驚いたんだと思う。可愛いなーとか、あたしには女の子っぽすぎるなーって思ってたら、しょーちゃんに似合うと思ったたって言われた瞬間、頭の中が真っ白になっちゃって。でもそれから胸がぎゅーってなってうわーって熱くなっちゃって……これ、自分でも思ってる以上に嬉しいんだと思う……！」

「お、おぅ。それならよかった」

そう言って、いそいそと髪飾りを着けてはにかむ美桜。

「どう？」

「あぁ、よく似合ってる」

「そっか。えへへ……」

いつもの見慣れた部屋着姿だというのに、やけに可愛らしく見え、ドキリとしてしまってまともに顔を見られない。

美桜もまた、翔太の感想に言葉がなく、にへらと相好を崩している。思い返せばこれほど美桜が喜ぶのを見たのは母を亡くして以来、初めてかもしれない。

そんな美桜を見ていると、翔太の胸に温かいものが広がっていく。

とにかく、英梨花の言う通りプレゼントは正解だったようだ。

するとふいに、美桜はおろおろして声を漏らした。

「ど、どうしよ。あたしお礼とか何も用意してない。しょーちゃんの誕生日も、いつも通りスルーしちゃったし！」

「いいよ、別に。そういうの目当てじゃないし。プレゼントしたいから、しただけ」

「でも……あ、そうだ！　プレゼントがあたしってのはどう？　ほら、おっぱい揉《も》む？」

「美桜、お前な……」

照れ隠しも兼ねているのだろうか。いつもと同じように揶揄う調子で、恥じらいのないことを言い出す美桜に、呆《あき》れたため息を零す翔太。

こういうところが、美桜の悪い癖だ。

先ほどだって、着替えを見られることにとんと無頓着《むとんちゃく》だった。それにこんなだから勘違いする男子が出てきて、カップルを演じる羽目にもなったのだ。

可愛くなったという自覚、そもそも自分は女子だという意識が欠けている。そう思うと、ふつふつと苛立《いらだ》ち交じりの得体の知れないものが腹の奥底で渦巻いていく。

美桜はにしし、と、いつもと同じあっけらかんとした調子で笑っている。

「プレゼント、本当にそれでいいんだな？」

「え？」

翔太は半ば使命感のようなものに突き動かされ、即座に美桜と体勢を入れ替え、押し倒し返す。両手首を摑み、床に縫い留め、身動きできないようにしてから目を細め、射貫くかのように美桜を見つめる。

まさに今から襲うかのような体勢と状況。

互いの顔は息がかかるほど近い。

美桜は突然の翔太の行動に理解が追い付かず、ただ目を大きく見開き瞳《ひとみ》を揺らす。

翔太は努めて真剣な声色で、半ば脅すかのように美桜へと迫る。

「美桜」

「え、ええっと……？」

名前を呼べばびくりと肩を震わせ、身を固くする美桜。

美桜は手を動かそうとするものの、びくともしない。男と女というだけじゃなく、今はもう子供の頃と違って随分と体格に差がついてしまっているのだ。

翔太はジッと美桜を見つめ続ける。

身の危険を感じたのだろう。その顔には少しばかりの恐怖の色が見て取れた。

その反応に少しばかり溜飲が下がる翔太。

これに懲りて、少しは行動を改めてくれればいい。

ふぅ、と息を吐き、身体を起こそうとした時、縫い留めている美桜の身体から力が抜け、弱々しい声が聞こえてきた。

「しょーちゃんなら、いいよ……」

「…………え？」

今度は翔太が混乱する番だった。

恐れはあるものの、まるで翔太がしようとしていることを全て受け入れ、肯定するかのような声色。

目の前から聞こえてくる吐息はどこか艶《なま》めかしい。

「しょーちゃんだって男の子だもんね。あたしの都合に付き合わせちゃって、他の女の子と付き合えないし。一応あたし彼女だし、そういうの受け止めるのも役目かなぁって」

「おい、美桜……」

そう言って美桜は目を瞑《つぶ》る。

何をしても許してあげるよというような、慈愛交じりの表情で。

元々少し脅して、忠告だけするつもりだったのだ。

どうしていいかわからなくなった翔太は、とりあえずネタバラシをして話を聞いてもらおうと、右手を離して肩に置く。

「……ぁ」

「──っ！」

すると美桜はびくりと反応し、今まで聞いたことのない色めいた声を上げた。

まるで脳を揺さぶられたような衝撃が走り、くらくらしてしまう。

どこからともなく血が集まり、理性を追い出そうとするのがわかる。

これは、まずい。

美桜はどこか蕩《とろ》けるような表情をしており、翔太の目にはやけに魅力的に映ってしまう。

この甘美な誘惑に抗うことは、ひどく難しい。

ごくりと喉《のど》を鳴らす。

すると美桜は焦らされているかのような、切なげな吐息を漏らし、それが頭の片隅にあった罪悪感や躊躇《ため》いを溶かしていく。

「美──」

「おーい翔太に美桜、いるのかー？」

「——っ！」「っ⁉」

正に一線を越えようというその時、部屋の外から虎哲に声を掛けられた。慌てて身体を離した翔太と美桜は、すぐさま背中合わせになって正座する。

無遠慮にドアを開けた虎哲は、そんな2人を見て怪訝《けげん》な声を上げた。

「何やってんだ、お前ら？」

「えっと、何だろ……プレゼント贈呈？」

「そうそう！　兄貴は何の用、っていうか乙女の部屋に勝手に入って来ないでよ！」

「はは っ、悪ぃ悪ぃ。いや、今から帰ろうと思ってさ、それで」

「え、てっちゃん今から？」

「もう夜も遅いよ？」

思わず意外という声を上げる翔太と美桜。

夕飯もとっくに食べ終え、かなりいい時間だ。電車も、もうないだろう。

「さっき調べたら夜行バスがあってな。電車より割安でさ、それに元々今日の夕方には帰る予定だったし」

そう言って眉《まゆ》を寄せて答え、身を翻す虎哲。

翔太と美桜も顔を見合わせ、すぐさま追いかける。

玄関には既に帰り支度を終えたのか荷物が置かれており、そして英梨花も居た。英梨花もいきなりのことで戸惑っている様子だ。

あまりに急な虎哲の帰る宣言に、驚きを隠せない。

翔太と美桜も困ったような笑みを返すのみ。

しかし靴を履いた虎哲は振り返り、明るい声で言う。

「なんだかんだ楽しかったよ。それに、お前らちゃんとやれてるようだしな」

「そりゃ、しょーちゃんは元からそれなりに家事はできるしね。料理だってえりちゃんに頼れるし、こっちは何も心配ないって」

「あははっ！　何より、美桜がそう言えるようだから安心したんだよ」

「…………むぅ」

まるで心の内を見透かしたかのような虎哲の言葉に、憮然《ぶぜん》として唇を尖《とが》らせる美桜。その顔は、照れからか少し赤い。

虎哲はそんな妹を揶揄《からか》うように笑った後、翔太と英梨花に向き直り、真剣な顔を作って言う。

「うちの美桜を頼むな」

「おう、わかってるって」

「ん、任せて」

突き出された拳《こぶし》に、翔太もコツンと拳をぶつけて答え、互いにニヤリと笑みを零す。

その様子をしばしむず痒《がゆ》そうに見ていた美桜は、はたと何かに気付き、茶化すように言う。

「もしかして兄貴が急に帰るのって、真帆《まほ》先輩と同じバスに乗るからだったりして」

「っ⁉　そ、そんなんじゃねぇよ……っ！」

「お、この反応は図星だ。兄貴もさ、好きならちゃんと言わないと――」

「あーもー、うるせーっ！　また来るからな！」

顔を真っ赤にした虎哲は逃げるようにして葛城家を去っていく。まったく、別れの余韻もへったくれもない。

後に残された3人は子供っぽい虎哲の行動に、顔を見合わせて声を上げて笑うのだった。

第10話　体育祭

久々の学校は、大型連休明け特有の倦怠感《けんたい》はどこにもなかった。

そこかしこで目前に迫った体育祭についての話題で持ち切りで、非常に活気付いている。

そんな校舎の廊下を歩きながら、美桜《みお》と英梨花《えりか》は弾んだ声を上げていた。

「いやー、ゴールデンウィークが終わったらすぐに体育祭だね！　準備とかで授業も少なくなるみたいだし、楽しみ！」

「私もできること頑張る！」

「応援合戦どうするかまだ揉めてるみたいだし、あのへんあたし苦手だからなぁ、えりちゃんに色々相談することになるかも！」

「ん、任せて！」

仲良く体育祭について話す美桜と英梨花を、翔太《しょうた》は少し後ろから眺める。

家からずっとこの調子、すっかり英梨花と美桜の仲は元通り。いや、以前よりも仲良くなっているかもしれない。現に周囲の目があるところでも英梨花は、家にいる時と同じように話している。翔太の口元も自然と緩む。

　そうこうしているうちに教室に着いた。

「おっはよー」

「……お、おはよう」

「おはー美桜っち——が、髪飾りなんてしてる⁉」

　挨拶《あいさつ》をしようとした六花《りっか》が、目敏く美桜の髪飾りに気付く。

　それまで一緒に話していた女子たちも、どうしたことかと騒ぎ出す。

「あ、ほんとだ可愛いー、似合ってるよー！」

「もう中学時代の五條《ごじょう》さんは居ないのね……で、どうしたのそれ？」

「へへーん、昨日誕生日だったからさ、しょーちゃんからプレゼントしてもらったの！」

　そして美桜がこちらに向かってにこりと笑えば、目を光らせた彼女たちの視線が一斉に向けられ、ビクリと肩を跳ねさせる翔太。

「うっそ、あれって葛城《かつらぎ》くんが選んだの⁉」

「意外といえば意外だけど、センスいいじゃん！」

「ね、ね、どういうつもりであれを選んだの？」

「えぇっと、それはだな……」

　案の定、翔太は目を爛々《らんらん》と輝かせた六花たちに取り囲まれ、たじたじになってしまう。

助けを求めて美桜の方を見てみるも、また別の女子グループに囲まれている。

眉を寄せ、低い唸《うな》り声を上げる翔太。すると意外なことに、英梨花が助け船を出した。

「それ、私と一緒に選んだの」

「っ！　あぁ、英梨花にも手伝ってもらったんだ」

こうして教室で英梨花から話しかけてくることは珍しい。

翔太だけでなくクラスメイトの彼女たちもビックリした様子だったが、最近バイトで一緒の六花だけは別だった。驚くことなく、食い入るようにして英梨花に問いかける。

「英梨ちんも一緒に選んだんだ！　ね、どうしてそれにしたの？」

「色々迷ったけど、みーちゃんに一番似合うのはどれかって考えて。ね、兄さん？」

「あぁ。他にもいくつか候補はあったけど、結局最初に見つけたそれにしたんだ」

「へ～、他にはどんなのが候補にあったの？」

「どうせなら兄さんの髪と同じ色のものに、とも思ったんだけどね。それだと独占欲が強すぎる感じになるかなぁって」

「きゃーっ！　それってアクセで自分の色に染めてやる、こいつは俺のモノだぜアピールってやつ！」

「うわそれやっば！　てかそれ、葛城くんだからこそできるやつじゃん！」

「ちょっとキュンときたし！　あれ、でもどうして髪飾りに？」

「ん〜、指輪とかもいいかなって思ったんだけど、みーちゃん家事する度に外さないとダメだし、あとおっちょこちょいなところあるから……」

「あー美桜っち、外した拍子になくしそうかも！」

「あはは、ひどーい！　でもわかるー！　五條さんって案外——」

「でもでも、そこが危なっかしいから——」

英梨花を中心に翔太そっちのけで話が盛り上がっていく。その様子はもう、すっかりクラスの一員だ。今だって自分からのプレゼントはお揃《そろ》いのキーホルダーだと、惚気《のろけ》るように言っている。

翔太はそのことに驚きつつも、嬉《うれ》しいやら少し寂しいやら。

目を細めて妹を見ていると、横から「よっ！」の声と共に肩を叩《たた》かれた。和真《かずま》だ。

和真は翔太と同じように英梨花たちを眺め、感心したように言う。

「妹ちゃん、入学当初からすっかり変わったな。連休中に何かあったか？」

「いや、特に何も。あぁ、バイト頑張ったくらいか？」

「へぇ、よほどいい経験になったんだな。こりゃ翔太もうかうかしてられねぇな」

「ははっ、そうだな」

軽口を叩く和真に、翔太も苦笑を返す。そして和真は感心したように言う。

「それにしても翔太、アクセサリーだなんて思い切ったプレゼントしたな。今までのことを考えたら、圧力鍋《あつりょくなべ》とかちょいとお高いオーガニック洗剤にしそうなものだけど」

「正直、最初はそういうのが思い浮かんだよ。けど、英梨花がちゃんと女の子らしいものを、って言ってな。まぁ本人は喜んでくれてるみたいだが……」

「いや、ばっちり似合ってると思うぜ。ほら、アレ見てみろよ」

　視線で促された先を見てみれば、陶然とした表情の北村《きたむら》の姿。どうやら美桜に見惚《みと》れているらしい。なんとも複雑だと声を漏らす翔太。

　北村はこちらの視線に気付くと気まずそうな顔になり、目を泳がす。そして難しそうに顔を歪《ゆが》め、眉間《みけん》に手を当て少しの間考え込んでから、こちらにやってきた。

「あーその葛城くん、あのプレゼントは五條さんを魅力的に引き立てている。悔しいが僕にはあれは選ぶ発想がなかった。君は本当に彼女のことをよく見ているんだな」

「お、おぅ」

　そう言って北村はどこか悔しそうにしつつも爽《さわ》やかな笑みを浮かべ、虎哲と同じように右手の拳を突き出してくる。

　どうやら北村からもいいプレゼントだとお墨付きをもらったらしい。少し頬を引き攣らせながらも、拳をぶつけて応える翔太。

　隣の和真は声を殺し、くつくつと笑っていた。

そんな一幕があったものの、翔太たちのクラスは体育祭に向けて一丸となっていった。

美桜は連日、委員ということもありクラス内外の仕事で東奔西走。

元々こうしたことを好む美桜が意気揚々と動き回れば、その美桜に負けじと奔走していた北村が、頑張り過ぎてへばったりも。

教室の方はといえば、各々出場する種目を決めた後は、応援合戦で何をするかの話し合いがほとんどだ。そして意外なことに、その中心に躍り出たのは英梨花だった。

「私に策がある。運動音痴の私にも打ってつけ！」

「それ、私も参考動画見せてもらったけど、皆で揃うとすっごく良さそうだったよ！」

どうやら応援合戦でやりたいことがあるらしく熱弁を振るっており、そして六花が意見のサポートをしていた。

六花は色々と言葉足らずな英梨花をフォローしてくれている。それは今までならきっと、美桜か翔太がしていたことだろう。

また、今の英梨花は話しかけやすいのだろう。いい機会とばかりに、男女を問わず話しかけるクラスメイトも多かった。


準備期間は順調に過ぎていく。

家は家で委員の仕事で帰宅が遅くなってしまう美桜に、バイトで遅くなる英梨花。

だけど互いにフォローし、家族として助け合う。

それにより絆《きずな》が深まったことを実感する。

そしてあっという間に、体育祭当日が訪れた。

◇◆◇

体育祭当日は、雲一つない晴天だった。

五月半ばの太陽は夏を先取りしたかのように燦々《さんさん》と輝き、熱気を振《ふ》り撒《ま》いている。そんな、少しばかり汗ばむような陽気だ。

参加している生徒たちもまた、熱気を漲《みなぎ》らせていた。

内申点の加味や優勝組へのご褒美、それから数少ない学校行事ということを加えても、想像以上の盛り上がりだ。

こうした身体を動かすイベントでは、気乗りしない文化系や帰宅部といったインドア派も多少なりともいるもの。しかし翔太のクラスに限っては、そういった人たちも一緒になって盛り上がっていた。

「いけいけ、祐真《ゆうま》くん！　がんばれーっ！」

「根性見せろ、倉本《くらもと》ーっ！」

「長龍《ながたつ》ーっ、抜かれたら承知しないからねーっ！」

出場しているクラスメイト全員に向けて、名指しで声援が送られている。明確に自分に向けて応援されれば、やはり張り切ってしまうものだろう。

特に男子のテンションの上がりっぷりは顕著だった。

先ほど男子400メートルリレーで見事1位になったグループが戻ってくるなり女子たちに囲まれ、「最後すごかった！」「倉本くんって足速かったんだね！」「長龍のラストスパート、冷や冷やしたけど勝ててよかった！」といった声を掛けられれば、和真を含む男子たちは皆、にへらとだらしなく頬を緩ませてしまっている。

それを見た他の男子たちもまた、自分たちもやってやるぞと色めき立つ。

（……単純だな）

その様子を見ながら複雑な表情を作り、苦笑する翔太。

彼らの気持ちもわかる。

きっとこれを機に、女子に良い恰好《かっこう》を見せたり、話す切っ掛けにしたいのだろう。

それに翔太も年頃の男子、少しばかり和真たちが羨《うらや》ましくも感じる。しかし今の翔太は偽装とはいえ、クラスでも公認の相手がいるのだ。もし女子からの声援で鼻の下を伸ばそうものなら、一体どういう目で見られることやら。

するとその時、ちやほやされていた和真がだらしない笑みと共にやってきて、ガシッと肩を組んでくる。

「翔太ぁ、澄ました顔をして、彼女持ちは余裕ってか～？」

「別にそんなこと考えてないって。そろそろ出番だから、どこに行けばいいのかなって」

「ふぅん。２００メートル走だっけ？　あそこのテントらへんで集まってるとこ。てか委員の五條にでも聞けばいいのに」

「いや、この空気で美桜に聞くのも気が引けるだろ。冷やかされるのが目に見えてるし」

「それもそうか」

そう言って笑い合う翔太と和真。

和真に教えてもらった場所へと移動すれば、そこには北村がいた。

北村はまだ、こちらに気付いていない。参加だろうか？　それとも委員として？　個人的には少し苦手なところがあるものの、ここで話しかけないのも不自然だろう。

「北村、２００メートル走ってここで合ってるのか？」

「むっ……そうだ、ここだよ。僕も出場する。葛城くん、君には負けないからな！」

「おいおい、俺たちは同じ組だし、一緒に走るわけでもない。勝ちも負けもないだろ」

「うぐっ、確かに。ええっと……そう、意気込みだ！　五條さんもあれだけ頑張って盛り上げようとしてくれているんだから、勝ちたいって思いも強くなる。それに自分でも幼稚だと思うけれど、君は僕にとってライバルのようなものだから、負けたくないんだ！」

北村のあまりに拙くも真っ直ぐな言葉をぶつけられ、目を丸くする翔太。

あまりにも清々しくて、翔太はくつくつと愉快気に喉《のど》を鳴らしニヤリと口元を歪め、そしてトンッと北村の胸を叩く。

「わかった。俺もライバルに無様な姿を見せないよう、全力を尽くすわ」

「……っ、ああ！」

気付いたらそんなことを口にしていた。

どうやら北村にそう言われるのも悪くないらしい。

北村は一瞬、虚を衝かれたような顔をしたものの同じくニヤリと笑い、すぐにこちらの胸をトンッと突き返すのだった。


200メートル走が始まった。

数十秒の攻防、飛び交う声援、勝敗の悲喜交々。

それらがテンポよく消化されていき、あっという間に翔太の番が訪れる。

翔太がスタートに並ぶと、ぴりぴりと肌を刺すような空気を感じた。

左右に並ぶのは、真剣な眼差しでゴールを睨《にら》む他の組の選手たち。

あぁ、懐かしい。

ここは正に勝負の舞台。こうした空気は嫌いじゃない。翔太も自然と身が引き締まる。

やがて号砲が青空に轟《とどろ》き、それを合図にして一斉に駆け出していく。

翔太は特段、足が速いというわけじゃない。

しかし今でも定期的に走り込みをしており、持久力にはそれなりに自信がある。

狙うは初っ端からペース配分を考えず、全力疾走からの逃げ切り。

目論見通り、頭１つ飛び出したスタートを決められた。

とはいえ、２００メートルは短いようで長い。

中盤過ぎからの追い込みとなれば、差はどんどんと縮まっていく。追い上げてくる選手には余裕があり、呼吸も乱れてきている翔太に向かって馬鹿なやつ、とほくそ笑む。

息が苦しい。空気が足りない。

しかし負けて堪るかと歯を食いしばるものの、並ばれてしまう。

——自分の持久力を過信し過ぎたか？

脳裏をそんなことが過った時だった。

「しょーちゃん、そのまま駆け抜けろーっ！」

「兄さーん、頑張って！」

ふいに美桜と英梨花の声が聞こえた。他のクラスメイトも応援してくれているはずだが、翔太の耳には２人の声だけがはっきりと聞こえた。

ちらりと視線を移せば、身を乗り出し不敵な笑みを浮かべながら片手を振り回す美桜に、両手の拳《こぶし》を胸の前で握りしめはらはらしている英梨花の姿。

「――っ！」

するとと翔太は口元をニヤリとさせ、ふいに軽くなった身体が妹と幼馴染《おさななじみ》の声に背を押され、風に乗ったようにゴールに運ばれるのだった。

1位の順位旗を受け取った翔太は、乱れた息を整えるように深呼吸。

(俺も大概、単純だな)

なるほど、これは皆も頑張るわけだと、呆《あき》れたように自らを笑う。

その時、またも号砲が鳴り響いた。

反射的にスタート地点に目を向ければ、走りだした北村の姿。

先ほどの翔太に感化されたのか、北村も初手から全力疾走。その顔には鬼気迫るものがあった。

そして翔太と違い、後半に差し掛かっても速度は衰えず、どんどん他の3人を引き離していく。その様子に危うげなものは何もない。

(さすがだな)

素直に感心する翔太。

現役のバスケ部でも頭角を現し、運動部員たちの信頼も厚いだけある。

「すごいぞ、北村くん！　そのまま1位取っちゃえーっ！」

「──────っ⁉」

　するとその時、一際大きな美桜の声援が響くと共に、それに気を取られた北村は盛大に足が縺《もつ》れこけてしまった。

　たちまち周囲から上がる悲嘆の声。翔太も思わず天を仰ぐ。

　次々と抜かれていき、北村は最下位に。

　しかし他の選手がゴールした後も、北村は立ち上がれないでいた。

　北村はただ、トラックの上で蹲《うずくま》っている。その表情はここからはわからない。

　それほど大きな怪我をしたのだろうか？

　翔太は居ても立ってても居られなくなり、順位旗を隣の人に押し付け、駆け寄る。

「北村、大丈夫かっ⁉」

「っ、あぁ、すまない。せっかく勝てるところを……」

「バカッ、そんなのどうでもいいから！　怪我は大丈夫なのか？」

「ちょっと捻《ひね》っただけだ。これくらい、少し休めば」

「って、腫《は》れてるじゃねーか。いいから保健室行くぞ！」

「あ、おいっ！」

　赤くなっている患部を見た翔太は、有無を言わせず北村を背負い、保健室へと運ぶ。

　周囲から何事かと騒ぎ声が上がるが、敢えて無視する。美桜か六花、もしかしたら英梨花もそれとなく周囲に説明し、なんとかしてくれることだろう。

最初は背中で抵抗するかのように身動ぎしていた北村も次第に大人しくなっていく。

そして北村は張り切り過ぎて失敗した自分を恥じるかのような声色で、囁《ささや》くように礼を言った。

「……ありがとう」

やはりこういう時でも律儀な北村に翔太はくすりと愉快気に笑い、なんのてらいもない胸の内を伝える。

「気にすんな。友達だろ？」

「……っ、あぁ！」

そして北村は一瞬息を呑《の》んだ後、弾んだ声を返した。

翔太が北村を保健室に送り届け戻ってくるなり、心配そうな顔をした六花が話しかけてきた。

「ね、北村くんは大丈――」

「葛城くん、北村くんの怪我は!?」

「どんな感じなの、歩けないほど!?」

「――はわわわっ」

しかし六花を押しのけるようにして他の女子たちがやってきて、北村の安否を問う。小柄な六花は揉《も》みくちゃにされ、目を回す。

翔太は思わぬ事態にたじたじになりながらも、保健教諭の言葉を伝える。

「ちょ、ちょっと足を捻ったただけだって。冷やして少し安静にしとけば問題ないって」

するとたちまち彼女たちは「よかったぁ」「もぅ、変に頑張っちゃうから」「でもそういうところが北村くんらしい」と安堵《あんど》の言葉を零す。

そして女子たちだけでなく男子たちも、「……ったく、びっくりした」「豪快にこけたもんな」「無事ならよかったわ」と気を緩ませている。

翔太が驚いたように目をぱちくりとさせていると、騒ぐ女子たちから抜け出してきた六花が、えへんと胸を張りながらどこか誇らし気に言う。

「北村くん、女子にも人気だからね！」

「そうなのか？　男子の方は運動能力やリーダーシップもあって頼りになるからわかるけど……その何ていうか、女子の方は美桜の件もあってその……」

「ん～、そういう恋愛的な感じじゃないというか……こう、一途なところが推せるとかそんな感じ？」

「はぁ、そういうもんか」

「うん、そういうもの！」

何故かドヤ顔になる六花。

わかるようなわからないような、何とも曖昧《あいまい》な返事をする翔太。

だが北村が皆に愛されていることはわかった。翔太としても、どうにも憎めない相手だ。

自然と六花と笑い合う。

するとそこへ北村が怪我をする原因になってしまった美桜が、少しバツの悪い顔をしながらやってきた。

「ま、とにかく北村くんの分を取り戻すために頑張るよ！」

そう言って美桜が力こぶを作ってポンッと叩《たた》けば、英梨花もやってきて静かに気炎を上げる。

「ん、私も！」

「わ、私だって！」

そして六花も後に続けば、近くで聞いていたクラスメイトたちも、「うんうん、うちらも気合を入れよ！」「あれだけで勝敗は決まらないし！」「戻ってきた北村をびっくりさせてやろうぜ！」「北村くんの仇《かたき》討ちだ〜っ！」と盛り上がっていく。

翔太も内心、（仇ってなると美桜になっちゃうよな）と苦笑しつつも、心が高揚するのを感じるのだった。

そんなアクシデントがあったものの、翔太たちのクラスは一丸となって競技に取り組んでいく。

特に女子の方はムードメーカーである美桜や六花が牽引《けんいん》し、皆のやる気と力を引き出し、各所で縦横無尽の活躍を見せる。

その中でも意外な形で活躍したのは英梨花だ。

英梨花自身はインドア派で運動神経があまりよくないものの、玉入れや棒倒しといった戦略が求められるもの、また障害物競走や大玉転がしといったゲーム要素があるものには積極的に指示を出していた。

その指示があまりに的確で、女子だけでなく男子からも意見を求められるほど。皆から一目置かれるように。

そして本人もまた美桜との二人三脚で見事な結果を出し、まさに陰の軍師、立役者。

特に文化系の人たちも英梨花のように貢献できるのだと意見を述べるようになり、クラスの交流が活発に。

とはいえ必死なのは他の色の組も同じ。

一進一退を繰り返し、どこが勝つかわからない状態のまま、お昼を迎えた。

昼食を求めて食堂へ向かう生徒が多数いるものの、弁当や購買組はこのまま屋外で食べる人がほとんどだ。翔太たちもそうだった。こうして青空の下で食べる昼食は、開放感もあって格別だろう。

「はい、今日は張り切ってお弁当作ってきました〜！」

「ん、私も手伝った！」

そう言って美桜が取り出したのは、三段重の見事なお弁当。

一段目はオーソドックスな俵むすびを始め、炊き込みご飯のおむすびやサンドイッチといった主食。二段目は一面に小さなサイズのお好み焼きが詰められており、こちらは英梨花が作ったものだろう。三段目はから揚げやミニハンバーグ、アスパラのベーコン巻き、ウィンナー、たまご焼きに、彩りとしてプチトマトやブロッコリーといったオカズが敷き詰められている。

見た目にも豪勢で楽しくなる、これぞ体育祭に打ってつけといった弁当に、翔太も思わず歓声を上げた。

「すごいな、これは！　けどいくら3人分とはいえ、さすがに量が多すぎないか？」

「あっはは〜、ちょっと多いかなぁって思ったけど、興が乗っちゃってつい！」

「ん、私も余れば夕飯とか明日《あした》の分に回せばいいやの精神でいっぱい焼いた！」

「何やってんだ美桜、それに英梨花も……」

普段3人で食べる量の倍近くはあるだろうか？　あまりの多さに少し呆れ気味の翔太。

しかしその豪華な弁当はよく目立つ。周囲からちらちらと注目されているのを感じる。

するとこの弁当に気付いた六花が、瞳《ひとみ》をきらきら輝かせながらやってきた。

「わ、わ、なにこれすごーい！　ね、ね、これって美桜っちの愛妻弁当⁉」

「あ、愛妻っ⁉」

「愛妹弁当でもある。お好み焼きは私」

「え、これって英梨ちんも⁉　めっちゃ上手く焼けてんじゃん！」

「えっへん！」

愛妻という言葉に思わず赤面する美桜に、お好み焼きを褒められて得意満面の英梨花。

六花が弁当でテンションを上げていると、それまで周囲で様子見をしていた他の女子たちも好奇の声を弾ませながら話しかけてくる。

「これって全部、五條さんと葛城さんが作ったの？　すごくない⁉」

「わ、ウィンナーが全部タコやカニになってて芸が細かい！」

「美桜っちはともかく、英梨ちんもやるねぇ～」

「ん、昨日から仕込んで一緒に作った。お好み焼きは端からぶた、イカ、もちチーズ、トマト、キムチ、納豆と色々ある。たくさんあるし、よかったら食べてみる？」

「「「いいの⁉」」」

得意げになっている英梨花がそんなことを言えば、本当に食べていいのかと許可を求める目が一斉に美桜へと注がれる。

美桜は皆の視線に気圧されつつも、翔太や英梨花と顔を見合わせコクリと頷《うなず》き、そして手を広げて明るい調子で言った。

「いいよ、どんどん食べちゃって！　どうせなら皆でオカズ交換会しようよ！」

わぁ、と快哉《かいさい》を叫ぶ六花たち。

それぞれのオカズを交換し合い、「から揚げおいしい！」「何かマヨネーズエリアがあるんですけど⁉」「葛城くん、彼女が料理上手でよかったね、このこの～」エトセトラ、そんなことを話しながら盛り上がっていく。

するとその騒ぎを聞きつけた他のクラスメイトもやってきて、「オレも1つもらってもいい？」「お好み焼きの納豆やキムチといった変わり種、初めてだけど案外旨いな」「えっへん」「葛城はこれをいつも食ってるのか、許せん！」等々、いつの間にか美桜の弁当中心にクラス全体を巻き込むかのような賑《にぎ》やかさに。

その中には少しだらしない顔をしてお好み焼きを頬張る和真だけでなく、恐る恐るといった様子でハンバーグを口にしては感動したように身を震わす北村の姿もあった。

北村はこちらの視線に気付くとごくりと口の中のものを呑み込み咽《む》せてしまい、涙目で少し唸《うな》り声を上げる。そして近くに寄ってきて律儀に何かを言いそうな雰囲気だったので、翔太は苦笑と共に片手を上げて制止する。

するとその時、軽快な歌が流れ出した。誰でも知っているガッツを出そうぜという、翔太たちの世代にも広く知られた往年の名曲だ。そしてグラウンドに黄色いメガホンを持った生徒たちがやってくる。

一体何事かと思って首を捻っていると、彼らは歌に合わせて踊りだした。そしてサビの部分に差し掛かると、メガホンで一緒に叫び出し、味方の組へとエールを送る。よく練習したであろう、見事な統率だ。

「応援合戦、始まった！」

翔太が感心していると、それを見た英梨花が少し興奮気味な声を上げた。

「え、まだ昼休みじゃ……？」

「元々は正式プログラムじゃなくて、有志による余興だったからね、その名残」

「へぇ、でも点数入るんだろ？」

「うん。最初は人気がなかったみたいでさ、結構高めの点数が入るようにしたら、どこもこぞってやりだしたってわけ」

「なるほど」

翔太が疑問の声を上げると、横から体育祭実行委員である美桜が説明してくれる。

そして英梨花を中心に女子たちが「そろそろ準備しなきゃ」「緊張してきたよぅ」「練習通りやれば大丈夫」と騒めきだす。

翔太のクラスの応援合戦の参加者は女子たちだ。彼女たちは意気揚々と準備のためにこの場を離れていく。

後に残された男子陣と共に、翔太も他の組の応援を眺める。

カニに扮《ふん》した横歩きダンスや自分の組の色を使ったフラグパフォーマンス、道着姿での演武に和太鼓等々。多種多彩な応援はどれもクオリティが高く、見ていて飽きない。この時ばかりは敵味方を忘れて見入ってしまう。

そして翔太たちのクラスの番がやってきた。

彼女たちの入場と同時に、観戦している他のクラスからどよめきが上がる。

その気持ちはわからなくはない。

女子たちは全員、チアガール姿だった。ノースリーブで丈が短いトップスにミニスカートの、ちらりとおへそが覗《のぞ》く可愛らしくも色っぽさを感じさせる衣装だ。そして手には自分のクラスの色を表す白いポンポンを持っている。

それだけでも目を引くというのに、その中心にいるのは英梨花だ。

ただでさえ日本人離れした容姿、この国では珍しいミルクティ色の長い髪で校内でも注目を集めている英梨花が、普段は隠れている二の腕やおへそ、太ももを露わにしていれば、男子だけでなく女子も目を釘付《くぎづ》けにされてしまう。

各所から大きなため息が漏れれば、クラスの皆はどこか得意げな顔になるものの、しかし翔太は苦笑い。妹がこうして見世物になるのは、過去のことを思えば心境は複雑だ。

やがて少し前に話題になった歌が流れ出す。アニメの主題歌にもなった、誰でも一度は耳にしたことのある曲だ。

英梨花たちは曲や歌詞に合わせ、独特のキレのある踊りを見せ掛け声を発し、ペンライト代わりにとばかりにポンポンを振り回す姿は、まさしくオタ芸のそれ。周囲からは意外なパフォーマンスに、思わずしてやられたと驚き交じりの歓声が上がる。

ちなみにチアでオタ芸というのは英梨花の発案だった。

教室でも美桜と六花を巻き込み、周囲に動画を見せながら、『チアは王道、王道は強い。そしてオタ芸は派手に見えて割と簡単！』と力説していたのをよく覚えている。もっともそのおかげで、今のように中心で踊る羽目になってしまったのだが。

とはいえ、その目論見は大成功のようだった。

歌とオタ芸が終わると共に、他のものより一際大きな拍手喝采《かっさい》が巻き起こる。

周囲のクラスメイトはガッツポーズをし、遠目にも手ごたえを感じたのか、少々ドヤ顔の英梨花たち。これは結果が期待できるだろう。

和真もまた、応援合戦の成功を祝うかのように肩を組んできた。

「いやぁ～よかったたな、翔太！」

「あぁ、俺は英梨花がああいう大舞台でやり遂げたってこともあって、感慨深いよ」

「ははっ、妹ちゃんの当初の人見知りを思うと、えらい変わりようだ。けど、これから大

「だって考えてもみろよ。最近すっかり明るくなって積極的にもなったし、さっきだってお弁当を自分から勧めてさ、色んな人に話しかけてただろ？　そして今のでこれだけ目立ったんだ。他の学年からも、どんどん妹ちゃん狙いの人がくるかもよ」

「大変？」

変かもよ？」


「それは……」

　そう言って和真は他のクラスへと視線を促す。彼らの視線の多くが英梨花に向いている。それだけじゃなく、耳をすませば通りすがりの人たちからも「あの子やばっ、めっちゃ美人！」「ほら、今年の1年で有名な」「肌白っ、彼氏とかいるんだろうな〜」といった声が聞こえてくる。

　英梨花自身は過去の経験から色恋沙汰《ざた》のごたごたに巻き込まれるのは勘弁、あらかじめそういうものとは距離を取るのが一番とは言っていた。

　しかし英梨花の事情を考えず、向こうからひっきりなしにやって来られても煩わしい。また、変な逆恨みもされかねない。……美桜の時のように。

　それに英梨花は美桜のように、翔太とカップルを演じるという手は使えない。

　渋面を作る翔太の背中を、和真はニヤニヤしながら叩《たた》く。

「頑張れよ、お兄ちゃん」

返事の声が、やけに不機嫌になっている自覚はあった。

「…………おぅ」

翔太たち白組は応援合戦で多少リードしたものの、他の組にも逆転の目は残されており、まだまだ予断を許さない。

午後の部の競技は十字綱引き、大玉転がし、大縄跳びといった団体戦かつ配点も高く、見た目にも派手ということもあり、体育祭はますます盛り上がっていく。

こうしたお祭りごとや身体を動かすことが好きな美桜は、六花と共に色んな種目に参加して縦横無尽に駆けまわっていた。今だって目玉の１つである女子騎馬戦に参加している。

英梨花はそんな美桜を、１人でも翔太とでもなく、クラスの女子たちと一緒に応援していた。どうやらすっかり、打ち解けているようだ。

自分の手を離れたことに寂しさを覚えるものの、妹離れする時期でもある。

だが英梨花は兄である翔太の目から見ても、とびきりの美少女だ。

体育祭という浮かれた空気の勢いもあり、英梨花に話しかける男子は多い。

幸いにして、男子に話しかけられても二言三言話す程度で、彼らはそれ以上ちょっかいをかけることなく去っていく。

しかしそれでも先ほどの和真の言葉もあり、険しい表情になってしまうというもの。

するとそこへ、少し呆《あき》れた様子の女子たちが話しかけてきた。

「こらこら、そんな怖い顔しちゃダメだよ葛城くん」

「相変わらずシスコンなんだからぁ」

「あの子ちょっと天然で危なっかしいところあるから、気になるのはわかるけどね」

「うちらでちゃんとしっかり、変な虫からガードしてるし！」

「うぐっ……」

どうやら翔太が過剰に妹を心配する姿は、クラスの女子たちがつい声を掛けてしまうほどのものだったらしい。肩身が狭い翔太。

そして彼女たちは翔太を宥《なだ》めつつも茶化すようにして、グラウンドの方へ促す。

「それよりも愛しの彼女を応援しなくていいの？」

「美桜ちゃん、さっきから大活躍なんだから！」

「妹ばっか見てました～なんて言うと、後で怒られちゃうよ～？」

「お、おぅ」

グラウンドでは、女子騎馬戦の真っ最中だった。

その中でも美桜の活躍は目覚ましいようで、その手にはいくつものハチマキを持っている。今し方も一騎、素早い手つきでハチマキを奪い、クラスの皆から歓声が上がる。その様子はまさに獅子奮迅《ししふんじん》。

なるほど、これほどの活躍だ。もし夕食時にでもこの話を振られて答えられなければ、拗《す》ねてしまうかもしれない。

翔太も声を張り上げ、応援する。

するとこちらの声が聞こえたのか美桜は一瞬振り返り、目が合うとニッと笑みを見せ、ますます張り切って突撃していく。

しかし一際目立った活躍をする美桜を、敵方が放っておくはずもない。

彼女たちは組を越えて即興で連携し、数で美桜を牽制《けんせい》する。

美桜は思うように動けず、その間に白組は逆転されていく。

焦れた声を上げるクラスメイトたち。

美桜たちが睨《にら》み合《あ》うことしばし。

その時ふいに、こちらからは聞こえないが、敵騎の何人かが美桜に向かって何かを叫ぶ。

きっと、安い挑発か何かだったのだろう。だけど美桜には効果覿面《てきめん》だったようだ。

美桜は騎馬を急かし、明らかに精彩を欠いた動きで突撃し、そしてあっという間に地面に引き摺《ず》り落とされてしまう。

盛大な落馬だった。思わず、周囲から悲鳴にも似た声が上がってしまうほどに。

身体を強く打ち付けたのか、その場で蹲《うずくま》る美桜。

「――っ！」

「おい待て、翔太！　今はまだ競技中だ、気持ちはわかるが出て行くと失格になるぞ！」

「けど、和真！」

「落ち着けって！　大丈夫だ、ほら、向こうは向こうでちゃんとしてくれてるだろ！」

「……っ、そうだな、悪ぃ」

思わず駆け寄ろうとするも、和真に腕を摑《つか》まれ諭される翔太。

少し冷えた頭でグラウンドを見てみれば、美桜は騎馬の他の女子たちの肩を借りて、ゆっくりと移動しているようだった。足元は少し覚束ないようだが、他は問題なさそうに見える。そしてほどなくして女子騎馬戦も終わりを迎えたようだ。

翔太がなんともいえない表情をしていると、今度は英梨花がくいっとシャツの裾を引き、ある場所を指差す。

「兄さん、あの人たちって……」

「あいつらは……」

敵騎の中に、退場途中の美桜に対してやけにニヤニヤしている人たちがいた。

彼女たちの顔を薄らと覚えていて見覚えがあり、息を吞《の》む。

かつて恋愛絡みで美桜を呼び出し、美桜に殴られた相手だった。

「いっやー、あたしとしたことがしてやられちゃった！」

こちらに戻ってきた美桜は開口一番、何かを誤魔化すように頭を搔《か》きながらそんなことを言う。遠目からも痛々しい落馬に見えたが、存外本人は平気そうだ。

それでもクラスの皆は美桜を取り囲み、心配そうに声を掛ける。

「大丈夫なの、五條さん!?」

「怪我とかしてない!?」

「ちょっと腕と膝《ひざ》を擦りむいたくらい。受け身もとったし、へーきへーき！　それよりごめん、あたしのせいで逆転されちゃった……」

「いいよいいよ、そんなの！」

「これからオレらで取り返すってーんの！」

「あはは、期待しとくね！」

美桜の腕と膝には大きな絆創膏《ばんそうこう》が貼られていた。こちらに戻ってきた時もしっかりとした足取りだったし、皆も胸《むね》を撫《な》で下《お》ろしている。

怪我に関しては本人の言う通り問題ないのだろう。ひとまず安心したものの、それでも翔太には気掛かりなことがあった。

「なぁ美桜、何があったんだ？」

「しょーちゃん？　何って……」

「何か変な動きをしていたというか、らしくなかったというか……」

「それは……」

曖昧《あいまい》な表情で口籠《ご》もる美桜。

あの時の美桜の行動は、明らかに考えなしといったもの。これまでの活躍もあり、どうしても異質に映る。

それは翔太以外の皆にとってもそうなのだろう。「そういやらしくなかったね」「変な動きだったかも」と囁《ささや》きだす。

先ほどの敵騎の顔ぶれを思い返せば、内心穏やかじゃいられなくなる翔太。じっと心配そうに美桜を見つめるも、気まずそうに顔を逸らされる。

翔太がますます表情を険しくしていると、にまにましている女子たちに気付く。美桜の騎馬役だった女子たちだ。余計にわけがわからなくなっていく。

そして彼女たちから「ほら」とか「言っちゃいなよ」と小突かれれば、美桜は観念したようにため息を1つ。頰を染め、どこか拗ねたように話す。

「……あいつらさ、しょーちゃんのこと髪の色が変だとか、気が利かなそうとか、いうほどパッとしないとか、そんなこと言ったんだ」

「…………へ？」

「それから髪飾りのセンスがないとかも。だからあたし、あったま来ちゃってさ」

「え、えーと、美桜……？」

「そういうことだから！　あーもぅ、あたしが悪かった！　いいでしょ、もう！」

「お、おぅ」

どうやら翔太のことを悪し様に言われ、我慢ならなかったらしい。

周囲の主に女子たちが、きゃーっと黄色い声を上げ騒ぎ出す。

頬は、ただただ熱い。

英梨花は目を瞬かせた後、可笑《おか》しそうに笑った。


その後、翔太は散々クラスメイトたちから揶揄《からか》われた。

美桜も美桜だ。偽装カップルなのだから、彼氏をバカにされたからといって、そこまで怒らなくてもという思いはある。

（けど、もし俺が美桜の立場なら……同じように怒っただろうな）

翔太もそんなことを考えながら苦笑し、自分の出場する借りもの競走の指定の場所へと移動する。

グラウンドの至るところに、既に様々な色の封筒がいくつもちりばめられていた。中身のお題は千差万別。そのくせ配点は結構高い。

スタート位置から近いものは難しく、遠くのものは簡単といったことはなく、完全な運勝負。ならば運がいい人が臨むべきということで、見事くじ引きで当たりを引いた翔太が参加することになった。

号砲の音と共に、各自一斉にあちらこちらへ走り出す。中には開始早々、目の前の封筒を拾っては渋い顔をする人の姿も見える。

翔太はそれらを横目に、ある封筒を目指す。自分の髪色と同じ、丁度英梨花と美桜の髪色を混ぜ合わせたような、くすんだ茶色い封筒。どうせ中身がわからないなら、と目星をつけていたものだ。

封筒を拾い上げ中身を確認すると、ぴしゃりと固まる。固まってしまう。

『好きな人』

何度読み返し、裏を見てみても、書かれている文字はそれだけ。

（……マジか）

これまでの真剣に競技に取り組む体育祭の流れから、あまりに浮ついているというか毛色が違うだろと、悪態を吐く翔太。

好きな人。

何ともベタかつ曖昧ともいえるお題だ。

別に好意を寄せる異性でなくてもいい。仲の良い友達でも成立するだろう。しかし誰を連れて行っても、体育祭後はこの件で弄られるに違いない。なんとも厄介なお題だ。

しかし翔太にとっては簡単なものだといえた。クラスで大っぴらに付き合っていると喧《けん》伝《でん》している相手がいるのだ。美桜を連れて行けばいいだけ。

だが、何かが心に引っ掛かる。とはいえまずは目の前の勝利だと、すぐさま自分のクラスのスペースへと駆け出す。

すると翔太の姿を見つけた美桜と英梨花が、いち早く駆け寄ってきた。

「お、しょーちゃん！　借りもの競走のお題？」

「兄さんのお題、ここにあればいいけど」

2人共、翔太の力になろうと真っ直ぐな瞳《ひとみ》を向けてくれている。

お題としても、対外的にも、美桜の手を引いて行けばいい。

だけどそれはこの場で美桜を選んで英梨花を残すことになり、ひどく躊躇《ため》われてしまう。

自分でも何を迷っているのだと思う。だけど、どうしてか選べない。

「しょーちゃん？」

「兄さん？」

翔太の葛藤《かっとう》を知らず、首を傾げる美桜と英梨花。

するとその時、隣のクラスのスペースから「誰かハサミ持ってない⁉」「え、ハサミ、こんなところで⁉」「教室に戻ればあるけど……」といった声が聞こえてきた。

「英梨花、美桜、一緒に来てくれ！」

「へ？」「に、兄さん⁉」

気付けば翔太は強引に妹と幼馴染《おさななじみ》の手を取り、駆け出した。

美桜と英梨花は、どういうことかと困惑しつつもされるがまま。

周囲からの奇異の視線が突き刺さる。ただでさえ目立つ英梨花と美桜2人の手を引いて走っている男子がいれば、何事かと思ってしまうというもの。

翔太はそんな周囲の騒めきを振り払うようにして駆け抜け、ゴールへ。

そこで待ち受けていた委員の女子は、翔太が差し出したお題を受け取り確認すると、目を瞬かせて美桜と英梨花を見やる。翔太は少々バツの悪い顔をしながらも、間違いないとばかりに頷《うなず》けば、委員は躊躇いながらもマイクに向かって言う。

「確認しますね。1位白組、お題は『好きな人』。2人いますが、間違いないですか？」

すると一瞬の静寂の後、周囲がにわかに騒めきだす。

まさかこのお題で2人も連れてくるとは、誰にとっても想定外なのだろう。

翔太のクラスでも六花たちがどういうことかと興味深そうな声を上げ、和真は可笑しそうに手を叩《たた》く。英梨花と美桜は目を瞬かせながら、真意を問うような目を向けてくる。

後で何を言われるか考えただけでも頭が痛い。

だけど翔太はそんなこと知ったことかと、幼馴染と妹の手を取り掲げ、敢えてマイクに向かって偽ることのない思いの丈を叫んだ。

「2人とも俺の大切で、大好きな人です！」

まるで美桜と英梨花は自分のものだと言わんばかりの宣言。

たちまち各所から上がる驚愕《きょうがく》、快哉《かいさい》、嫉妬《しっと》交じりの声。

突然の翔太の宣言に、呆気《あっけ》に取られる美桜と英梨花。

2人はみるみる頬を赤くしていき、そして神妙な顔で頷き合い、翔太の腕を取ってお返しとばかりに左右から頬にキスをしてマイクに叫ぶ。

「「あたし（私）たちにとっても、兄さん（しょーちゃん）は大切で大好きな人でーす！」」

「っ⁉」

するとグラウンドの各所から爆発したかのように湧き起こる、拍手喝采《かっさい》と阿鼻《あび》叫喚《きょうかん》の野次。なんとも混沌《こんとん》としたものへと塗り替えられていく。

だけどこれはこれでいいかと、まるで悪戯《いたずら》が成功したかのように、翔太と英梨花と美桜は笑いあうのだった。

エピローグ　△　美桜が考える、血の繋がらない私たちが家族になるたった一つの方法

その日の夕方。

美桜《みお》たちは西日に影を長く引き伸ばされながら、歩き慣れた帰路に就いていた。

結局、体育祭は惜しくも僅差《きんさ》で２位、教室ではプレミアムシュークリームを逃したことを嘆く声も多かった。

しかしやけに上機嫌の美桜は、運動後特有の疲労による心地よい倦怠《けんたい》感に包まれながら大きく伸びをしつつ、しみじみと言う。

「やー、しょーちゃんって、たまに突拍子もないことしでかすよねー」

「兄さんってば完全に全校生徒から、私とみーちゃんを侍らせてるろくでもない奴って思われちゃったかも」

「あーあ、あたしたちもどんな目で見られることやら」

「シスコンを拗《こじ》らせてる人の彼女とその妹？」

「あはっ」

「ふふっ」

「……あの時は、アレが一番だと思ったんだよっ！」

揶揄われ過ぎた翔太《しようた》は顔を真っ赤にしながら、ずんずんと足早に先を行く。

その後ろ姿をくすくすと笑う美桜と英梨花《えりか》。

確かに借り物競走での翔太には驚かされた。

バカみたいなことをしたと思う。

だけど、とても翔太らしいと思ったのも事実。どうしたわけか胸が温かい。

しかしその一方で理に適っていると思えた。

あれほど大勢の前で恋人宣言とシスコン宣言をして皆に周知させたのだ。しかも、なんだかんだと多くの人には好意的に受け止められている。もはや公認の仲。だからもし、誰かが美桜や英梨花にちょっかいを出したとすれば、果たしてその人はどう思われることか。ある意味、絶妙の一手ともいえるだろう。

美桜はクスリと笑みを零しつつ、ふいにかつて母が亡くなった時のことを思い出す。

寂しさを埋めようとして、家のことを頑張り過ぎて、倒れてしまった。

その時、翔太がなんと言ったか。

『おれ、あったかいごはんが食べたいんだ。みおが作ってよ』

家事で頑張り過ぎた美桜に対し、あまりに不適切とも思える言葉。

だけど、今なら何故そんなことを言ったかわかる。

翔太は美桜が頑張り過ぎないよう、すぐ傍で見張ろうとしてくれていたのだ。

でも確かに、思い返せばそれを切っ掛けに翔太の家に、葛城《かつらぎ》家に入り浸るようになり寂しさも紛れ、あの頃の美桜は救われた。

やり方はとてもじゃないがスマートとは言えない。

翔太は不器用なやつなのだ。そして、その不器用さから、失敗もしている。美桜は、それを間近で見てきたではないか。

もしかしたらこれから先もまた、同じように失敗して傷付くかもしれない。

だとすれば幼馴染として、今度はこちらが目を光らせなければならないだろう。

「くすっ」

口元を緩め笑う美桜。

その時、英梨花がこちらを不思議そうに見ていることに気付く。

翔太の妹である英梨花は、美桜にとってもまた、妹分だ。

最近成長が目覚ましいものの、まだまだ危なっかしいところもある。本人は気付いていないだろうが、今日だけでもどれだけ男子が下心を出して近付こうとしていたことか。

翔太だけでなく英梨花も、姉としてフォローしなければと思う。

（しょーちゃんもえりちゃんも、目が離せないんだから！）

今は同じ屋根の下で暮らしているものの、期間限定。それくらい美桜もわかっている。卒業したらどうなるか不安だ。

眉根《まゆね》を寄せ、唸《うな》ることしばし。まるで天啓のようにそのアイデアが降ってきて、思わず英梨花に向けて弾んだ声を上げる。

「ね、ふと思ったんだけどさ、あたしが本当にしょーちゃんと結婚するのって、アリじゃない？」


ちょっとした思い付きによる軽口。

だけど名案のように思えた。

今だって恋人として振舞っているし、夫婦になったとしても今とさほど変わりはしないだろう。

もし翔太と結婚すれば今までと同じように傍に居られ、しかも英梨花は義理とはいえ本当の妹になるのだ。

きっと英梨花も賛成してくれるに違いない。

「…………え」

そう思ったがしかし、英梨花はこれまでになく驚愕に目を大きく見開いている。

「えり、ちゃん……？」

「…………………」

英梨花に声を掛けても反応がない。まるで魂が抜けてしまったかのようだ。

それだけ衝撃的なことだったのだろうか？

わからない。

美桜の頭の中を戸惑いが支配する。

そして美桜はぎこちない笑みを浮かべ、先ほどの発言を誤魔化すように言う。

「な、なんてねっ！」

だけど固まってしまった英梨花の表情が変わることはなかった。

あとがき

雲雀湯《ひばりゆ》です！　正確にはどこかの街の銭湯・雲雀湯の看板猫です！　にゃーん！


あとがきって何を書けばいいのだろう？

毎回いつも頭を悩ませています。

嬉々《きき》として大量のあとがきを書く同期の友人の作家さん曰《いわ》く、書くことがないなら書くことがないことを書けばいいよとのこと。

書くことがありません！　はい、ここで終わり！

わーん、書くことないよー！

てわけで、あとがきで何か書いて欲しいことがあればファンレターで送ってください。

お題募集です。そんなこんなで、なんとか半ページほど潰《つぶ》せたな？


それはさておき、2巻いかがでしたでしょうか？

今回は美桜《みお》が抱えるものについての話でした。

美桜は普段学校とかでも明るくお調子者で飄々《ひょうひょう》としており、家では家事や料理をバッチリこなして生活力もあると見せかけて、実はすごく脆《もろ》く弱い部分があります。そして、そんな自分を認められず、どこか逃げているところも。

要するに、美桜ってある意味まだまだ子供なんですよね。多分、ずっと変わらず傍に居てくれる翔太《しようた》に縋《すが》っているというか、ある種の依存のようなところもあります。

一方、英梨花《えりか》は違う。

自分の弱いところや醜いところを受け入れた上で、必死に踠《もが》いている。

もっとも必死過ぎて周囲のことがちょっと見えなくなっていて、そんな英梨花と美桜が衝突しちゃって、でも最後には絆《きずな》が深まってからの――美桜のエピローグの言葉でした。

美桜としてのタイトル回収です。

そして、新しい物語の展開を告げる言葉でもあります。

今回その台詞《せりふ》を美桜に、翔太と英梨花が本当の兄妹《きようだい》じゃないということを知らない幼《おさな》馴染《なじみ》に言わせるためのお話、とも言い換えることができるかもしれませんね。

他のキャラについて。実は北村《きたむら》くんがお気に入りです。書いていて楽しかった。

美桜のことを書くにあたって、1巻の時のことを考えると絡んでこないのも不自然だよなぁ、と思って登場させたら、思いの外好き勝手動いてくれちゃいまして。生真面目で融通利かないけど、ちゃんと非を認めて律儀に口にして、なんだこいつ可愛いな、と。気付いたら六花《りっか》を通じて、愛されキャラになっちゃったりも（笑）。

ところでこの作品は、私の生まれ育った奈良をモデルにしています。登場人物は奈良の酒蔵が元ネタですね。

そんな地元愛を込めているのですが、はて今まで若草山に登ったことがないな、と思い立ち、登ってまいりました。奈良公園にある、山焼きするところです。あれです、近くにあるとついつい行かないってやつです。

ただ登るだけじゃ芸がないなと、せっかくなので世界遺産にも登録された春日原始林《かすがげんしりん》の周遊コースを巡ってきました。

いやぁ、気持ちのいいハイキングになりましたね！　こんないい感じのお散歩コースが身近にあっただなんて、もっと早く行っておけばよかった。

けど、失敗もありました。普通に山道だったので、あまりに軽装過ぎて足を痛めちゃったりも。今度はしっかり準備をして、もう一度挑戦したいところ。


さてさて紙面も残り少なくなってきました。

編集のK様、てんびんに引き続き様々な相談や提案、ありがとうございます。イラストの天谷《あまや》たくみ様、美麗な絵をありがとうございます。私を支えてくれた全ての人と、ここまで読んでくださった読者の皆様に心からの感謝を。
再び皆さんと会うためにも、ファンレターを送ってくれると嬉《うれ》しいです！
ファンレターに何を書けばいいかわからないって？
ただ一言、『にゃーん』だけで大丈夫ですよ！

にゃーん！

令和6年　4月　雲雀湯

読者アンケート実施中!!

ご回答いただいた方の中から抽選で毎月10名様に
「図書カードNEXTネットギフト1000円分」をプレゼント!!

URLもしくは二次元コードへアクセスし
パスワードを入力してご回答ください。

https://kdq.jp/sneaker

[パスワード：uffw8]

●注意事項
※当選者の発表は賞品の発送をもって代えさせていただきます。
※アンケートにご回答いただける期間は、対象商品の初版（第1刷）発行日より1年間です。
※アンケートプレゼントは、都合により予告なく中止または内容が変更されることがあります。
※一部対応していない機種があります。
※本アンケートに関連して発生する通信費はお客様のご負担になります。

スニーカー文庫の最新情報はコチラ!

新刊 / コミカライズ / アニメ化 / キャンペーン

公式X（旧Twitter）
[@kadokawa sneaker]

公式LINE
[@kadokawa sneaker]

友達登録で
特製LINEスタンプ風
画像をプレゼント!

血《ち》の繋《つな》がらない私《わたし》たちが家族《かぞく》になるたった一《ひと》つの方法《ほうほう》2

著　雲雀湯《ひばりゆ》

角川スニーカー文庫　24058

2024年6月1日　初版発行

発行者　山下直久

発　行　株式会社KADOKAWA
〒102-8177 東京都千代田区富士見2-13-3
電話　0570-002-301（ナビダイヤル）

印刷所　株式会社暁印刷
製本所　本間製本株式会社

Printed in Japan　ISBN 978-4-04-114703-0　C0193

★ご意見、ご感想をお送りください★

〒102-8177 東京都千代田区富士見 2-13-3
株式会社KADOKAWA　角川スニーカー文庫編集部気付
「雲雀湯」先生
「天谷たくみ」先生

角川文庫発刊に際して

角川源義

第二次世界大戦の敗北は、軍事力の敗北であった以上に、私たちの若い文化力の敗退であった。私たちの文化が戦争に対して如何に無力であり、単なるあだ花に過ぎなかったかを、私たちは身を以て体験し痛感した。西洋近代文化の摂取にとって、明治以後八十年の歳月は決して短かすぎたとは言えない。にもかかわらず、近代文化の伝統を確立し、自由な批判と柔軟な良識に富む文化層として自らを形成することに私たちは失敗して来た。そしてこれは、各層への文化の普及滲透を任務とする出版人の責任でもあった。

一九四五年以来、私たちは再び振出しに戻り、第一歩から踏み出すことを余儀なくされた。これは大きな不幸ではあるが、反面、これまでの混沌・未熟・歪曲の中にあった我が国の文化に秩序と確たる基礎を齎らすためには絶好の機会でもある。角川書店は、このような祖国の文化的危機にあたり、微力をも顧みず再建の礎石たるべき抱負と決意とをもって出発したが、ここに創立以来の念願を果すべく角川文庫を発刊する。これまで刊行されたあらゆる全集叢書文庫類の長所と短所とを検討し、古今東西の不朽の典籍を、良心的編集のもとに、廉価に、そして書架にふさわしい美本として、多くのひとびとに提供しようとする。しかし私たちは徒らに百科全書的な知識のジレッタントを作ることを目的とせず、あくまで祖国の文化に秩序と再建への道を示し、この文庫を角川書店の栄ある事業として、今後永久に継続発展せしめ、学芸と教養との殿堂として大成せんことを期したい。多くの読書子の愛情ある忠言と支持とによって、この希望と抱負とを完遂せしめられんことを願う。

一九四九年五月三日